fugueuses

Du même auteur au Rouergue

Des jours blancs - **2004, roman ZigZag (ill. Natacha Sicaud).**
Anges de Berlin - **2007, roman doado.**
Petit samouraï - **2008, roman ZigZag (ill. Magali Bardos).**
Mon amour Kalachnikov - **2008, roman doado.**
Fuite en mineur - **2010, roman doado.**
L'Inconnue des Andes - **2011, roman doado.**
Douce nuit, Minus - **2012, roman doado noir.**

Sylvie Deshors écrit et voyage. Elle vit à Lyon.

Photographie de couverture : © **Théo Gosselin**

www.lerouergue.com

doado

Sylvie Deshors

fugueuses

rouergue

Un récit inspiré par la lutte actuelle des opposants
à l'aéroport de Notre-Dame-des-Landes.
Mais aussi par mon vécu.
C'était l'été de mes dix-sept ans.
Partie sur les chemins d'Ardèche avec une copine,
je me suis retrouvée à débattre sous les étoiles tout en occupant
un terrain militaire.
Je fis alors une fabuleuse découverte :
nous étions nombreux à être rebelles !

Lisa

Le souffle court, je m'immobilise. Mon amie Jeanne reprend sa respiration, accroupie à mes pieds. Notre course sauvage à travers les fossés et les bois nous a sauvées ! On a évité les fourgons et les barrages. On a réussi à passer le cordon de flics. Je n'arrive pas à le croire. Le dos contre un arbre rugueux, en sueur, je relâche la tension. Instant magique, fabuleux. La forêt nous entoure. Nous sommes seules au centre d'une clairière aux herbes folles, loin de tout. Jeanne soupire, un nuage de buée voile son visage. Elle m'attrape par les chevilles, je m'écroule sur elle. Les feuilles mortes volent. Nous roulons sur la mousse. On s'immobilise stupéfaites, une tête humaine vient d'apparaître à plusieurs mètres au-dessus de nous. Un homme est suspendu par son duvet en forme de sarcophage à une branche de l'arbre le plus proche. Fascinées, nous éclatons de rire avant d'observer attentivement les alentours. L'étrange chenille humaine n'est pas seule. À deux arbres de là, une tente igloo bleue oscille dans la brise, léger cocon. Les câbles qui l'arriment tissent entre elle et les hautes branches comme une toile ou un filet. D'une pirouette, nous pivotons pour regarder derrière nous. En bordure de la clairière, une barque échouée entre deux longs peupliers est bâchée à au moins trois mètres du sol. L'échelle de corde remontée contre sa coque en permet l'accès. Des lambeaux de brume en mouvement effacent les limites entre abris et forêt.

– Quel lieu fantastique ! Il ne manque que le cavalier sans tête de la légende de *Sleepy Hollow*, s'émerveille Jeanne.

Je ris :

– Pour moi, c'est sûr, on y est ! On est trop fortes !

Oui, nous sommes dans la forêt occupée par les opposants à la construction de l'aéroport. À Notre-Dame-des-Landes, notre but. Un endroit que Jeanne et moi ne connaissons que par les images diffusées par les journaux télévisés ou sur Internet. Le gouvernement français a décidé d'utiliser ces centaines d'hectares de bocage de la région nantaise pour y créer un nouvel aéroport. L'idée date de quarante ans à ce qu'il paraît, mais depuis l'année dernière, les médias en parlent beaucoup. Des opposants au projet occupent pacifiquement la zone et de plus en plus de monde vient les soutenir.

Cet endroit est beau, la nature y semble préservée, c'est bizarre de vouloir faire atterrir des avions ici.

Les yeux de Jeanne brillent autant que les miens. L'une contre l'autre, étendues sur le dos, pas pressées de bouger malgré le froid, nous tendons l'oreille.

Des voix résonnent dans les airs, des coups frappés transpercent la brume, des appels étouffés bruissent de partout.

C'est doux, c'est fort, c'est vivant. Ça me plaît. Immédiatement. Une joie violente réchauffe mon sang, surprend mes extrémités gelées. Je retiens mon envie de crier et murmure gaiement :

– On va enfin se retrouver avec des gens qui partagent nos idées, qui pensent autrement !

Je n'en pouvais plus de me faire traiter d'asociale au lycée ou de prétentieuse à la maison, à cause de mes idées soi-disant différentes, voire extrêmes.

Jeanne se redresse, me prend la main et d'une secousse me remet debout. Son regard reflète mes espérances.

C'est ici que nous devions venir. Ce que je devinais depuis des jours devient certitude.

Ils pourront raconter ce qu'ils veulent, les parents, les autres, ceux qu'on a laissés derrière nous, je sais que j'ai raison. J'ai trouvé.

– Ohé, en bas, vous arrivez seulement ?

La voix chaude tombe du ciel.

– À l'instant ! On a coupé à travers bois depuis les barrages sur la départementale.

– De passage ou pour rester ?

Celui qui pose la question se laisse glisser le long d'un câble à nos pieds. Les épaisses semelles de ses bottes en caoutchouc jaune se plantent dans la boue, enfonçant des bogues creuses. On ne l'avait pas repéré dans les châtaigniers au-dessus de nos têtes. Jeanne s'écarte en riant et je réponds avec enthousiasme :

– On reste, ça c'est sûr.

Mon amie reprend son sérieux pour m'approuver. L'inconnu nous salue en soulevant son bonnet de marin et ses boucles blondes ruissellent sur ses épaules :

– Bienvenue sur la ZAD. Moi, c'est Loïc de Nantes.

– Moi, c'est Lisa et…

– Jeanne, dit mon amie.

– Venez, je vais vous conduire à un lieu d'accueil.

Reprenant nos sacs à dos, on le suit. ZAD. Un mot qui claque. Z pour Zone, A pour Aménagement, D pour Différé, si on s'en tient à la définition officielle donnée par les commentateurs à la télévision.

– *Splich, splach, splouch, allons, allons à la chasse à l'ours !* chantonne Jeanne à mon oreille.

Avec Jeanne, on s'est rencontrées en cinquième. Elle redoublait, moi je m'apprêtais à le faire tellement je m'ennuyais avec ceux de ma classe. Nouvelle venue dans l'établissement, elle s'est assise au bureau resté vide à côté de moi. Le soir même, je passais chez elle. Cette année nous sommes en première dans le même lycée, ou plutôt, il y a deux jours encore nous étions en première.

Mais c'est fini, terminé ! On est parties, toutes les deux. Sans rien dire à personne. Ça faisait un moment qu'on en parlait. Que l'envie grandissait, nous submergeait.

Ma meilleure amie est aussi blonde que je suis brune, quelques centimètres de moins, un rire percutant à exploser les remparts et les temps morts, des mains noueuses et fortes de presque vieille alors qu'elle est mince et jolie comme une fille des fjords. Avec mes yeux bleu clair et ma peau blanche sous les mèches noires, je viens du sud de l'Europe. Mon arrière-grand-mère maternelle était portugaise et je suis largement aussi têtue qu'elle, si j'en crois les récits de famille. À elle, ou plutôt à son portrait que je garde dans un tiroir de ma table de nuit, j'ai annoncé mon voyage secret. Plus facile de s'adresser aux morts qu'aux vivants.

Mes parents ne veulent rien entendre, encore moins comprendre. La colère enfle et gronde en moi depuis des mois. Pas uniquement contre eux, mais contre ce qu'ils sont, ce qu'ils acceptent de la société sans réagir, sans se questionner et qu'en plus, ils veulent me transmettre ! De gré ou de force. Leurs vieilles rengaines, leur univers étriqué et sécurisé m'incite à tout bousculer. Leurs vies d'adultes nous donnent l'envie de gerber, à Jeanne et moi. Devenir comme eux, c'est l'enterrement prématuré. Ce n'est pas parce qu'on est des filles qu'on va s'écraser. Bien au contraire !

Dans la bouillasse épaisse, on patauge derrière Loïc. Les épaules larges, la taille fine, il a belle allure. Nos splich et splach et splouch cessent lorsqu'on rejoint un sentier en caillebotis qui traverse la forêt de plus en plus humide. Mares, flaques immenses, souches moussues, sol spongieux, autant d'eau que de terre. Je ne connais rien aux marais. J'apprendrai.

Notre guide salue ceux qui vont et viennent. Apparemment tous les occupants de ce bout de ZAD se connaissent. Au début, avec Jeanne, on l'imite du bout des lèvres mais vu l'entrain général, notre gêne s'envole.

– Voilà, nous y sommes ! s'exclame Loïc avec fierté en montrant d'un geste ample les installations.

C'est dément ! Des cabanes géantes bâties en bois, deux tipis en toile écrue recouverts de grandes bâches imperméables, des tentes, de la canadienne au chapiteau de camp de vacances reliés par des palettes jetées au sol, des banderoles, tout ça en un improbable désordre. Une pancarte apposée sur un des bâtiments en planches annonce « free-shop ».

Un camion freine dans nos dos. Une chaîne humaine se forme, des cageots de légumes transitent de mains en mains jusqu'à ce qui doit être la cuisine commune. L'ampleur du campement me fascine. Deux des cabanes font au moins cent mètres carrés, jamais je n'aurais imaginé des constructions si imposantes, si élaborées. Elles sont solidement implantées avec portes et fenêtres sur une forêt de pilotis, l'une est entourée d'une vaste terrasse couverte. J'en reste sans voix.

– La soupe se prépare, dit Jeanne avec une mimique gourmande.

Nos petits pains au chocolat du matin sont loin. Loïc chope une poignée de carottes en transit qu'il lui offre comme un bouquet. Elle croque dedans à pleines dents, recrache la terre en riant.

Je suis impatiente de me mêler aux volontaires de la ZAD, les zadistes, comme ils s'appellent. Des activistes qui résident ici et bâtissent sans répit sur la zone réservée par l'État pour contrer ce futur vieux projet inutile. Ils occupent les lieux, s'installent sur les terres dont les agriculteurs ont été expulsés et, avec eux, ils luttent pour sauver cette nature humide exceptionnelle de la destruction. Ils ne sont pas les seuls à penser que cet énième aéroport est superflu : sur place et en Europe, des organisations politiques les soutiennent.

À l'heure des économies nécessaires de combustibles, de la surpollution de l'atmosphère, du manque d'eau, augmenter le trafic aérien, c'est aller droit dans le mur. C'est ce que je pense en tout cas.

Activiste, ce mot je le trouve magnifique tandis que les parents n'ont que celui de terroriste à la bouche… Faut dire que depuis le 11 septembre 2001, les médias usent et abusent du terme « terrorisme ». J'avais cinq ans quand l'avion a percuté les tours du Wall Trade Center. Je me souviens de la télé allumée à longueur de journée. Des images de New York qui tournaient en boucle et des commentaires. J'ai un malin plaisir à imaginer que ces événements ont agi comme un vaccin sur la petite fille que j'étais. La forte dose d'effroi qu'on m'a inoculée m'a obligée à fabriquer des anticorps et maintenant je n'ai plus peur d'agir.

Mes pensées fusent, tournent. Paraît que je pense trop ! Encore un discours qui ne prendra pas sur moi, juste bon à nous abrutir, jeunes et vieux. Penser est le propre de l'être humain. Nous sommes si inconséquents, si peu finis, nous les femmes et les hommes, si incapables d'atteindre la sagesse. Comment pourrions-nous penser trop !

– Lisa, Lisa, dépêche-toi !

Jeanne m'attend en haut des marches qui mènent à la terrasse en branches et cordes qui entoure la plus vaste des cabanes. Notre guide a disparu à l'intérieur.

Je la rejoins d'un bond, la prends par la taille. Respire son odeur de chien mouillé. Sans avoir besoin de mots, nous scellons notre complicité d'un regard à découper les fourgons de flic en rondelles ! Enlacées, nous échangeons sourire et force avant de faire nos premiers pas dans un lieu collectif.

Une fois son seuil passé, nos vies à Jeanne et moi ne seront plus jamais les mêmes. J'en suis sûre.

Autour des grandes tables encombrées d'affiches, de papiers, de tasses, de journaux et d'ordinateurs portables, les discussions vont bon train. Loïc, avec son look de marin pêcheur, prend la parole pour raconter où il nous a trouvées. Un gars immense aux dreadlocks remontées en chignon nous apporte des gobelets de thé brûlant. Tant de monde se présente à nous que je ne retiens aucun nom. Qu'importe, les visages sont ouverts, les mains tendues, les regards vifs.

Dans l'ivresse d'avoir atteint notre objectif, Jeanne et moi rions, échangeons des saluts. Hébétées d'avoir réussi. Fières d'être arrivées où nous voulions et d'avoir en prime le sentiment d'être attendues. Jeanne me lance un clin d'œil :

– Deux jours, on n'a mis que deux jours comme prévu !

– Notre plan a marché impec ! Nous sommes les reines de la débrouille !

– Des filles absolument géniales et inséparables comme les doigts d'une main, ajoute Jeanne.

Lundi matin, au lieu d'aller en cours, on a pris un car pour s'éloigner de notre ville endormie entre les montagnes. Une fois sur la route Napoléon qui traverse les Alpes du sud au nord nous avons fait du stop. On avait prévu la matinée pour rejoindre un grand parking à l'extérieur de Grenoble, où nous avions rendez-vous pour un covoiturage. La conductrice nous a conduites jusqu'à Saint-Étienne. Nous avions pris contact avec elle par courriel sur l'ordinateur d'un café internet du centre-ville au cas où les parents songeraient à fouiller les nôtres. Ensuite, nos trajets à travers la France se sont succédé vers l'ouest avec plus ou moins de chance. Loin des autoroutes, ce n'est pas si facile de garder la bonne direction. Avec Jeanne, nous avons volontairement multiplié les moyens de transport pour brouiller les pistes.

Au même instant, on ressent la chaleur. Je me débarrasse du K-Way enfilé sur mon blouson. Jeanne ôte sa veste en lainage qui pèse ses trois tonnes de pluie et de boue pour l'étendre à proximité du poêle. Je voulais lui filer la doudoune de mon frère mais, fait exprès, il l'a mise pour aller en cours le matin de notre envolée.

Sur la tête de mon amie, son bonnet de laine trempé fume. Trop drôle. Je le lui enlève par le gros pompon rouge. Ses cheveux couleur de blé dégoulinent dans son cou, Jeanne pousse un cri et tord sa chevelure comme une vieille chaussette. Une serviette adroitement lancée atterrit sur ses épaules et toute l'assistance s'esclaffe de bon cœur.

– Ce n'est pas possible, Lisa, on va être trop bien ici, dit-elle en se frictionnant, un sourire béat aux lèvres.

– Mieux que dans nos rêves les plus fous !

Mais à cet instant, une voix s'élève dans le fond :

– Elles sont trop jeunes ! On n'est pas venus sur la ZAD pour faire du baby-sitting !

La phrase claque comme un affront. Des regards lourds se posent sur nous. Suspicieux. Je ne baisse pas les yeux. J'en ai assez des phrases du genre « Tu es trop jeune, attends d'être majeure », pourquoi pas grand-mère pendant qu'ils y sont… Pas ici. Ah non, je n'ai pas tout changé pour entendre des *a priori* pareils !

La méfiance se répand chez les militants comme la flamme sur une traînée de poudre. Les visages se ferment, les murmures deviennent désapprobateurs.

Je sais que l'action menée sur la ZAD est illégale et que les occupants doivent protéger leur combat, mais leur attitude me pince le cœur. Me fait mal. Jeanne, qui ne comprend pas ce qui se passe, leur offre toujours son sourire magnifique. Je tremble de froid, de rancœur, de révolte aussi. Alors, je me redresse, balaye les militants de mon regard noir comme les eaux d'un lac après l'orage. Conservant le silence, je leur renvoie leur jugement en pleine figure. La confrontation dure trois interminables secondes.

Je reste debout. Je ne partirai pas, ils peuvent penser ce qu'ils veulent. Je suis venue jusqu'ici pour partager une vie collective en pleine nature, pour participer aux actions vues sur des sites militants. C'est vital pour moi.

Des voix recommencent à s'élever, ils se concertent. J'en ai tellement assez des sorties rituelles du lycée, des dimanches égoïstes à quatre autour du poulet rôti, des discussions familiales qui recommencent à l'infini comme un vinyle rayé. Il fallait que je parte, que je prenne la tangente. Je suis trop différente. La rage est en moi et je ne cherche pas à l'éteindre. Je ne supportais pas la soumission de mon entourage. Je n'en pouvais plus de subir. Une douleur constante vrillait mes flancs, ma nuque, mon corps, mon sentiment d'inutilité virait à la nausée.

Je m'assieds par terre à côté de Jeanne. Dans sa famille, ils sont moins coincés, plus ouverts sur l'extérieur, mais depuis que sa mère passe la semaine dans une ville éloignée où elle a trouvé du travail, ce n'est pas très gai chez elle. Son père débordé par le quotidien est toujours à cran. Il gueule sur ses mômes, passe ses nuits solitaires devant la télé et se repose sur son aînée, Jeanne, pour s'occuper des frère et sœur. Je ne mettais plus les pieds chez eux, tant l'ambiance était devenue pourrie.

À partir de maintenant, j'oublie d'où je viens.

Alors ceux d'ici n'ont pas intérêt à me laisser au bord du chemin.

Loïc échange un regard avec nous et se lève. Il a l'air de vouloir nous prendre sous son aile. Après un geste d'apaisement, il obtient le silence :

– Nous sommes volontaires pour inventer une nouvelle manière de vivre, de lutter. On ne va pas se laisser contaminer par les forces de l'ordre, enfiler leurs masques pour nous dresser, gueules fermées face à ceux qui nous rejoignent ! Est-ce que chacun ici présent a dû montrer ses papiers d'identité en arrivant ? Non ! Nous n'occupons pas Notre-Dame-des-Landes pour reproduire les abus du pouvoir que nous dénonçons.

Cris, sifflets, l'atmosphère se détend autour de nous, des discussions s'enclenchent. Il a l'air cool avec ses boucles comme des anglaises, mais quand il prend la parole, Loïc se fait respecter. À sa ceinture pendent un marteau et un sac de toile rempli de poudre. De la magnésie utilisée en escalade pour absorber la sueur et garder les mains sèches. Il nous explique :

– Je suis un grimpeur. Ici je passe beaucoup de temps en altitude, dans les cimes. Ne vous formalisez pas, les filles, différents courants de pensées et de luttes cohabitent sur la ZAD et bien évidemment, ces groupes réagissent chacun à leur manière. C'est ça aussi, ne pas vouloir de chef !

J'ai envie de l'embrasser.

La tiédeur diffusée par le gros poêle à bois fait son effet, une vraie fatigue nous tombe dessus. Deux journées de route, deux nuits à l'extérieur, dont la dernière sur un banc public dans une petite ville lugubre et, pour finir, la longue marche dès l'aube à travers la campagne afin que personne ne puisse avouer nous avoir conduites ici, n'empêchent pas nos yeux curieux de fureter, nos oreilles de capter les propos. L'envie de participer est plus forte que nos crampes aux mollets !

On est tombées en pleine assemblée générale. Les prises de parole se succèdent, s'étirent quand l'orateur n'arrive pas à laisser la place. À mon grand étonnement, les réflexions et les théories des uns et des autres peuvent s'opposer, se contredire sans que je comprenne toujours de quoi il est question ou ce qui alimente leur différence…

Jeanne bâille de moins en moins discrètement. Quand l'échange devient concret, qu'il s'agit de répartir les tâches du lendemain, ravitaillement, création d'un potager, etc., nous redevenons attentives. Au mot « défrichage », je lève la main, Jeanne suit. Ça y est, nos prénoms figurent sur le grand tableau des travaux collectifs et personne ne s'y oppose.

Maintenant, je peux aller changer mes chaussettes pleines d'eau, me chercher un lit.

Nous ramassons nos affaires. Loïc, notre sauveur, vient nous proposer des places dans un des dortoirs. Lui n'y dort pas, il a sa propre cabane, mais il sait qu'il reste des matelas libres. Exactement ce dont nous avons besoin en attendant de construire nous aussi un abri. Sacs à l'épaule, vêtements mouillés sur les bras, nous sortons au milieu des autres qui se dispersent ou fument à deux ou trois.

Devançant le crépuscule, un épais brouillard voile les sous-bois. Les sons amortis, les voix moins nombreuses qu'à notre arrivée procurent une étrange douceur à la soirée qui vient. Des torches s'allument ici et là. Un groupe électrogène ronfle. La nuit tombe tôt en novembre. Le froid nous saisit.

– C'est l'heure où les chantiers s'arrêtent. Petit à petit, on se réunit dans les lieux de vie avant l'obscurité. Il y a plusieurs groupes ou villages éparpillés dans la ZAD. Je vous conduis au plus proche. Quand vous serez installées, revenez à la grande cabane où nous étions.

– D'accord, Loïc.

– Prenez des pulls. On dîne dehors sous la terrasse couverte.

– À quoi sert le chapiteau derrière les arbres ? Il m'intrigue.

– Pour les concerts et les projections, vous verrez.

Jeanne émet un sifflement admiratif :

– Vous êtes super organisés !

Et nous ajoutons d'une seule voix, ce qui l'amuse beaucoup :

– Merci Loïc pour l'accueil.

– Normal. Ceux qui connaissent la marche à suivre des lieux la partagent avec les nouveaux. C'est comme ça que je vois les choses. Bienvenue à vous deux, il n'y a pas d'âge pour se sentir concerné ! Une seule chose compte, on a besoin d'être toujours plus nombreux sur la ZAD.

Brit

Je n'ai fait que hausser les sourcils par-dessus mon livre et, silencieuse, j'attends qu'elles repèrent ma présence.

Les regards brillants d'excitation et de bonheur immédiat comme des petites devant un sapin de Noël, les nouvelles venues s'extasient. Deux copines, sans aucun doute, qui découvrent avec enchantement le patchwork multicolore des couvertures, duvets, fringues et matelas qui recouvrent le plancher. Pas un centimètre dégagé sous le joyeux désordre, belle preuve de vie, qui s'étend aussi sur la longue mezzanine doublant la surface de la grande cabane du sommeil et des rêves ! Je suis la seule à nommer ainsi ce dortoir reconstruit l'été dernier après que les forces de l'ordre ont démoli le précédent. Je savoure l'émerveillement qui progressivement détend leurs traits tirés par la fatigue. Deux jeunes filles venues jusqu'ici par ce mouvement de transhumance qui amène les idéalistes de tous âges, de tous horizons, jusqu'à la ZAD, malgré l'hiver, les gelées, la pluie et les checkpoints installés par la police française.

J'ai plaisir à assister à cet instant de découverte, un cadeau dont je ne me lasse pas depuis plusieurs semaines que je les vois arriver, les uns après les unes. Seul ou entre amis. Les jeunes forcent mon respect et méritent que je leur laisse le temps de ressentir leur première fois sans être dérangés. Fuyant l'intimité close et rassurante d'une famille, ils débarquent soudain dans l'inconnu, le joyeux tohu-bohu collectif !

La brune me remarque et pousse du coude sa copine. Je souris et pose mon livre sur mes genoux.

La porte valse dans leurs dos, les prenant au dépourvu. À leur affolement, je comprends qu'elles sont sur le qui-vive. D'un saut de côté, comme deux biches surprises par un chasseur, les filles évitent l'homme chargé qui vient d'entrer :

– Livraison de bois ! beugle Bernard de sa voix de basse.

Informaticien à Nantes, il vient chaque fin de semaine sur la Zone d'Aménagement Différé, renommée par nous Zone À Défendre. Et ce, depuis le début de l'occupation des terres. S'étant pris d'une vraie passion pour le bûcheronnage, il se charge des corvées de bois avec enthousiasme :

– Besoin d'aide ? réagit la brune en premier.

– Pas de refus. Faut décharger les brouettes.

– On y va !

La voix de son amie coule comme une source.

Quand je me lève en renfort, les yeux bleu vif de la brune rebondissent avec curiosité sur ma canne.

À l'extérieur, je leur indique l'abri à bois installé sous une avancée du toit. Elles découvriront demain dans la clarté du jour la couleur ambrée des lambris de châtaignier fixés sur l'ossature en pin de la grande cabane dortoir. La brune s'appelle Lisa, son amie Jeanne. Pendant qu'elles empilent les bûches, je leur confirme qu'il y a de la place pour elles, ce qui les rend heureuses. Elles ne précisent pas d'où elles arrivent, mais à leurs tenues et allures, je vois bien que ces adolescentes ne sont pas sur la route depuis longtemps. Elles donnent l'impression d'avoir quitté les cours la veille et d'être simplement parties à l'opposé, au lieu de rentrer au domicile familial. C'est beau, cette jeunesse qui vient. Fleuve ininterrompu. Au cours de ma propre adolescence, je suis partie en secret de la maison où tout m'était interdit ou presque. J'ai pris ma liberté. Un besoin vital. Je rêvais de projets autonomes et communautaires, loin de ma famille, si bien qu'un matin d'été, j'ai filé au sud pour rejoindre en auto-stop les Causses et ce Larzac dont je n'avais jamais entendu parler avant 1975. J'avais dix-sept ans, je détestais l'armée, les guerres, alors je devais être moi aussi sur le plateau du Larzac avec les étudiants, les ouvriers et les paysans. La poignée d'éleveurs qui exploitaient les terres calcaires balayées par les vents s'opposait à la construction d'un immense camp militaire. Il y en avait beaucoup alors en France, le service militaire était obligatoire. À la radio, les journalistes de l'époque évoquaient des hippies fumant des joints au milieu de chèvres, mais un copain plus âgé et informé par d'autres sources causait d'antimilitarisme et de pacifisme.

Je voulais comprendre de quoi il s'agissait, découvrir par moi-même. Je n'ai pas été déçue ! Ce fut ma première arrivée dans un univers collectif, je ne l'ai jamais oubliée. Et je n'ai jamais regretté mon départ. Pas plus les années qui ont suivi avec les voyages, les missions de travail en intérim pendant lesquelles je tentais de convaincre les femmes de prendre leur existence en main. Je n'ai jamais intégré aucun parti ni syndicat. Méfiante, je restais à la lisière, forgeant mes propres convictions en puisant ici ou là, m'initiant à la marche du monde contemporain selon mes propres désirs, sans maître à penser ni gourou. Voilà pourquoi je n'ai rien à regretter.

Longtemps je me suis crue faible parce que je n'enviais pas les forts. Je m'écartais des forts en gueule ou en muscles, de ceux qui, homme ou femme, aimaient le pouvoir. Je ne voulais surtout pas qu'on me protège, encore moins qu'on me sauve.

En appui sur ma canne, je charge un fagot sur mes épaules. L'air est vif, le thermomètre fixé sur un poteau indique deux degrés en dessous de zéro. À Jeanne et Lisa, je ne dirai rien de mon passé. Si les filles sont venues jusqu'ici, il y a de fortes chances que les discours des vieux, elles en aient par-dessus la tête. Pas le moment de les ennuyer avec mes récits d'ancienne combattante.

Les rires légers des gamines fusent, lâchés en écho aux plaisanteries de Bernard, un as de l'humour.

Ça fait un bail que j'ai repris l'exploitation du grand-père sans prévoir qu'un jour la lutte se déplacerait au cœur des terres humides. Mais quand je regarde l'effervescence autour de moi et ces nouvelles gamines, je me dis que le pire entraîne le bien ! Faut être plusieurs pour innover et nombreux pour changer le monde. Avec la foule qui arrive massivement sur la ZAD, de nouvelles idées vont surgir et donner naissance à une autre société, je l'espère.

Il faut être patient. La lutte a duré dix ans sur le Larzac, les paysans pacifistes sont restés fermes et ont finalement réussi à faire reculer l'État. Le camp militaire n'a jamais vu le jour, une belle victoire !

J'ai souvent été silencieuse. J'ai longtemps eu besoin d'écouter, d'assimiler les théories, de déceler leur beauté ou leur nullité, de soupeser les propos, les slogans et les idées avant de parler à mon tour. Ma sévère éducation de fille que l'on avait forcée à se taire m'a inculqué un refus viscéral du pouvoir, du discours dominant.

De ces deux gamines, la brune semble être la plus réfléchie, la plus teigneuse aussi, mais sans sa copine rigolote elle ne serait sans doute jamais venue.

Tac, tac, tac fait ma canne sur le plancher de la terrasse et c'est plus fort que moi, malgré l'âge, mon récent état de grand-mère, je m'imagine pirate sur le pont avant l'abordage. C'est bien que les gamines soient arrivées aujourd'hui. Elles auront le temps de prendre leurs marques avant la grande manifestation de solidarité à venir.

Lisa

Sur le matelas à quelques centimètres de moi, Jeanne dort. Son visage tourné vers le mien, sa respiration dans mon cou. Une quarantaine de poumons voisins se vident et se remplissent avec régularité. Cette proximité m'émeut. En colonie, je n'ai jamais éprouvé cela. C'est ma troisième nuit dans le dortoir en bois. Ceux qui dorment sur les sommiers en hauteur ronflent et râlent plus fort à cause de l'espace restreint entre les plaques du toit et la mezzanine. Dès que possible, Jeanne et moi construirons notre propre cabane. J'attends ce jour avec impatience. Avoir une cabane ne veut pas dire briser le lien communautaire, la nôtre sera ouverte à ceux du site et ne nous empêchera pas de venir dormir dans les lieux collectifs. Mais ce sera super de réaliser notre projet à deux.

Des cabanes absolument délirantes ont été construites au sol, entre les haies mais surtout en hauteur dans les arbres. On a un tas d'exemples sous les yeux. Jeanne rêve d'une cabane perchée dans les feuillages.

Mon rêve, c'est de vivre libre. En ayant le minimum de biens matériels. Leurs objets, leur consommation, leur bouffe dégueulasse, je n'en veux plus. Ici, les fruits et les légumes proviennent du travail des agriculteurs de la région. Quand ils sont envoyés de loin, c'est par solidarité. Au printemps et en été, les potagers nous nourriront.

En attendant, du sud au nord, des gens soutiennent la ZAD avec une générosité sans limite. On ne mourra ni de froid ni de faim cet hiver.

Mes jambes gigotent, en pensée, je cours encore sur les chemins de branches jetées sur le sol détrempé. Mon souffle grimpe aux cimes des arbres. Depuis que je suis ici, j'ai besoin d'être toujours en activité et le repos m'ennuie. Jeanne remue, le froid la fait gémir dans son sommeil avant qu'elle ne retrouve une place contre ma hanche. Les yeux ouverts, je veille. C'est trop cool que tu sois là avec moi, mon amie. À deux, on va tout changer ! À deux, avec les autres, on va inventer un paradis…

Dormir ici est du temps perdu. C'est impossible. Trop intense d'être là. Tant d'étoiles aux nues quand le brouillard se déchire. Jamais je n'ai autant été à l'extérieur.

Hier, nous avons assisté à une nuit de projections. Trois films. Trois luttes. Une soirée programmée par un collectif venant de la Creuse. Ailleurs aussi en France, des gens sont solidaires et cherchent à mettre en place d'autres façons de vivre. C'est super encourageant. Pourquoi personne ne nous en parle, à nous les jeunes ? Ni au lycée, ni en famille, ni à la télévision, rien ne filtre. Aurait-on peur d'une nouvelle révolution dans ce vieux pays des droits de l'homme et de la femme ! La lutte à venir éclaircit mon esprit, illumine mes journées hyperactives, m'exalte.

Hier, au milieu du deuxième film, Jeanne s'est endormie contre mon épaule. Être toujours dehors ne lui convient pas tant que ça. Son envie de sauver la planète est plus poétique que pratique et, malgré son désir de changer d'existence, elle souffre plus que moi de l'inconfort, du froid. Mon enthousiasme démesuré pour les tâches collectives la fait se moquer gentiment. Nos différences sont notre richesse. Jeanne est ma petite sœur spirituelle, ma grande sœur de cœur.

Face à l'écran, au milieu des militants, les projections m'ont fait réfléchir. Heureusement que j'ai quitté le tombeau familial. Un soir m'est revenu en mémoire : pendant que les parents et mon frère dormaient, j'ai vu un film, *Avoir vingt ans dans les Aurès*. L'histoire d'un groupe de Bretons pacifistes envoyé en Algérie pendant la guerre. Confrontés à l'horreur, ils deviennent peu à peu des machines à tuer. L'un d'entre eux le refuse et déserte en emmenant avec lui un prisonnier condamné à être exécuté.

Seule sur le canapé, j'étais bouleversée. Je ne savais pas quoi faire de mon émotion, de ma révolte. J'avais douze ans, mais je me souviens combien j'en voulais à ma famille de ne pas se sentir concernée. J'ai passé la nuit qui a suivi en colère, prise d'une envie folle d'agir contre la bêtise de la guerre. Mais je n'avais personne avec qui discuter. Mes parents ne débattent pas de ce genre de sujet. Mon frère dormait, le réveiller n'aurait servi qu'à nous disputer. Jules est mon aîné de trois ans, mais nous ne nous ressemblons pas du tout. Nos adolescences se sont passées de manières radicalement différentes. La société actuelle ne lui pose aucun problème, au contraire il ne rêve que de faire du fric plus tard. Les autres, il s'en moque. Il n'y a que lui qui compte. Son microcosme lui suffit. Jules a commencé un trafic odieux. Il achète sur Internet de pauvres petites bestioles exotiques pour les revendre à des amateurs. Il ne prend aucun soin de sa marchandise vivante, ce commerce lui permet d'acheter du matos, voilà ce qu'il dit ! On ne partage plus rien, lui et moi. Plus grave, on s'en veut terriblement.

Je m'assieds dans mon duvet où je dors habillée. La rage palpite en moi, comme une hirondelle en cage. Au milieu des matelas aux corps allongés, le poêle, un tonneau découpé, rougeoie faiblement. Dans sa lueur, assise en tailleur, la femme à la canne lit. Je me lève pour la rejoindre en silence.

Elle me fait une place près d'elle. De sa voix basse mais chaleureuse, à moi qui brûle d'envie d'agir, Brit me montre le titre du livre qu'elle tient :

– Rosa Luxemburg, *Lettres de prison*. Tu la connais ?

– De nom, pas plus.

– Une figure de l'Internationale socialiste, Son parcours politique est passionnant. C'est souvent dans les livres des autres que j'ai trouvé des réponses à mes questions ou un écho à ma propre pensée.

– Elle est restée longtemps emprisonnée ?

– Elle est sortie de prison pour se faire assassiner. Écoute, Lisa, ce qu'elle écrivait pendant la Première Guerre mondiale à son amie : « *Voyez-vous, Sonitchska* – c'est le petit nom que Rosa donnait à Sophie –, *plus cela dure, plus l'infamie et l'horreur auxquelles nous assistons tous les jours dépassent toute limite et toute mesure, plus je deviens calme et ferme. Étant donné qu'on ne peut appliquer les critères de la morale aux éléments, à une tempête, à une inondation ou à une éclipse de soleil, il faut les considérer comme un fait, comme un objet de recherche et de connaissance… J'ai le sentiment que toute l'ordure morale dans laquelle nous pataugeons, l'immense asile de fous où nous vivons peuvent, du jour au lendemain, comme par un coup de baguette magique, donner tout le contraire, se changer en un monde prodigieux de beauté et d'héroïsme.* »

Les dormeurs qui m'entourent représentent tout à coup l'espérance d'un bel avenir, par la grâce des écrits d'une femme tuée pour ses idées. Je m'étire, le ululement de la chouette m'attire à l'extérieur. Je me faufile entre les corps. Brit ne me retient pas. La porte sans serrure grince à peine. De quoi ai-je l'air debout dans la nuit glacée ? D'une fille qui saute joyeusement à pieds joints sous la lune ! Écharpe remontée jusqu'aux yeux, volontaire. Heureuse !

L'eau goutte de partout. Le trot furtif d'un animal me surprend. L'air siffle entre les toiles détendues des abris. D'un bouquet d'arbres aux troncs imbriqués les uns dans les autres, des frottements lancinants s'élèvent. La brise qui pousse les nuages est très fraîche.

Seule dans l'obscurité, je ressens encore mieux la fraternité des lieux, l'accord perceptible entre la forêt et ses occupants. Je marche à grandes enjambées à travers bois. Une des barricades végétales tressées dans les taillis par ceux d'ici stoppe mon élan. Je suis à la frontière des deux mondes. Le froid est intense. Des reflets de lune signalent à quelques mètres les fourgons stationnés des CRS.

Des branches craquent. Quelque chose effectue une glissade. À proximité, des bottes s'enfoncent dans la boue. Je m'accroupis derrière le premier gros tronc. Aux aguets. J'ai entendu raconter que la gendarmerie mobile envoie des éclaireurs en reconnaissance la nuit. Ce sont eux. Les hommes tracent des cercles, se rapprochent de moi. La peur, le sol gelé me donnent l'envie pressante d'uriner. Des minutes s'écoulent sans que je bouge. J'en ai mal au ventre. Le faisceau violent d'une torche braquée m'éblouit. Y a que les CRS pour en avoir d'aussi puissantes. Dans quel piège suis-je venue me fourrer…

– Pas trop froid ?

Je veux faire ma vaillante, mais je demande d'un ton minable :

– Qui est là ?

Une voix féminine sort de l'ombre :

– Éteins ton spot, idiot !

Quand mon éblouissement se dissipe, des visages apparaissent peu à peu sous les leds des lampes frontales. Je me relève. Ils n'ont rien à voir avec des CRS. La fille me demande :

– Tout va bien ?

Un autre explique :

– On patrouille sur la ZAD, Zone Affectueusement Défendue.

– Arrête tes blagues, t'es lourd, Matéo, on lui a fait peur.

Je retrouve ma voix :

– C'est bon. J'aime bien sortir la nuit. Tout est calme ?

– Oui, à part des copains qui profitent ici et là de la pleine lune, comme toi ! C'est rare un ciel si dégagé, sans brouillard. Mais ça caille !

– Belle balade à toi, lance la fille à la voix sympa.

Dans ma précipitation à saluer le petit groupe qui s'éloigne, je me prends le pied dans une racine. Vlan ! Je me retrouve mains et genoux dans la boue. La torche passe sur moi, provoquant leurs rires étouffés. Bon, d'accord, je ne suis pas au point pour participer aux patrouilles de nuit. Mais la clandestinité me va bien.

Jeanne

Je voulais voir les cabanes. En vrai, de près. Depuis que je suis môme, je rêve d'en construire une, alors quand avec Lisa on a visionné des documentaires tournés sur la ZAD, j'ai fabulé. De notre appartement, les montagnes sont à la fois proches et très difficiles d'accès. Les parents n'étant ni sportifs ni riches, pour eux une cabane c'est carrément superflu ! Il y a eu aussi ce conseiller d'orientation qui m'a parlé des énergies renouvelables avec passion, pour une fois, un secteur en pleine évolution vers lequel il m'a conseillé de me diriger, si bien que je me suis retrouvée à m'intéresser au recyclage, aux constructions alternatives. On ne peut pas continuer à gaspiller autant, à pomper les ressources naturelles de la terre sans se préoccuper de son devenir. Je veux contribuer à sauvegarder une planète pure et belle.
D'un battement des paupières, je vérifie que ce sont les premières lueurs de l'aube qui m'ont réveillée. Elles s'infiltrent par l'étroite ouverture du dortoir. Il est tôt, dehors il gèle, je peux me rendormir. Passer

mes journées dans la nature, en plein bois, c'est ce que je préfère, ici. Sur la ZAD, les gens ne sont pas tous aussi sympas que Loïc. On a eu de la chance de le rencontrer à notre arrivée. Mes pensées dérivent, je m'assoupis. Lisa s'agite. Me frôle. Je la sens jaillir de son duvet, au contraire je m'enfonce dans le mien. D'un battement des cils, je la vois sortir alors que je ne mettrais pas un doigt hors des couvertures. Se lever avec ce froid qui blanchit le campement, fige les arbres et s'engouffre dans les cabanes est trop rude. Le temps de penser que mon amie fait partie des forts, je me rendors. Au chaud. Tranquille.

– Tu dors encore ! Escargot, sors la tête de ta coquille !

À la dernière seconde du rêve auquel Lisa m'arrache, j'embrassais un doux beau mec. Ses dreadlocks orange caressaient mes joues. Les garçons d'ici sont plus mûrs, plus virils que les copains du lycée, pas par leur allure, mais par leurs actes. J'en ai vu certains se troubler quand Lisa dansait l'autre soir aux notes de l'accordéon. Et pendant que je me hissais avec souplesse dans un acacia particulièrement haut et piquant, j'ai senti se poser des regards sur mes fesses. Moi, ça me plaît que la liberté ne reste pas qu'au niveau du cerveau et qu'elle gagne les corps ! Rien de plus naturel, en somme. Je m'étire comme un chat avant d'ouvrir les yeux en grand.

Sourire en coin, yeux couleurs mer du Sud, Lisa revient vers moi avec un mug fumant et…

– Surprise ! Elle sort une large tartine beurrée de derrière son dos en fredonnant *Bella ciao*, un des chants que Brit a commencé à nous apprendre : *Una mâtina mi son svegiata / O bella ciao, bella ciao, bella ciao ciao ciao / Una mâtina mi son svegliata / Eo o trovato l'invasor / O partigiano portami via…*

– Trop sympa. Je t'adore Lisa.

L'immense lit fait de matelas accolés est désert, dans le dortoir je suis la dernière à paresser. Je m'ébroue, enfile chaussures, pulls et, déjeuner à la main, je vais retrouver Lisa repartie à l'extérieur. Chacune de nos expirations provoque une vague de buée entre nos visages. Parcourue de frissons, je fixe les bras nus de mon amie en débardeur noir :

– Tu n'as pas froid comme ça ?

– Princesse, faut t'agiter ! Ça fait deux heures que je scie et tronçonne. J'ai chaud, qu'est-ce que tu crois.

Lisa prend la pause et gonfle ses biceps :

– Bon, j'y retourne maintenant que tu es debout.

– Ralentis le rythme, tu vas bientôt ressembler à Popeye !

Elle se marre, pique un morceau de ma tartine.

– Tu te bouges, d'accord ?

La bouche pleine, je hoche la tête avec enthousiasme. Un pâle rayon de soleil traverse le brouillard en diagonale. Le givre crisse sous les pas de Lisa qui retourne à son activité.

Insouciante du temps qui passe, je guette l'instant où le soleil touchera ma peau. Mais l'éclaircie est finie. Il bruine. En été, ce sera vraiment super ici pour faire la fête. J'ai hâte de passer les soirées assises dans l'herbe au lieu de patauger dans la flotte ! Mais voilà, on est seulement au début de l'hiver, les arbres nus gribouillent le ciel gris mouillé, la météo ne nous est pas favorable. Heureusement l'ambiance compense, quoique les occupants regroupent leurs habitations selon leurs convictions, ce qui fait qu'il y a des endroits que je préfère éviter, là où les militants sont trop dans la provocation et la violence.

Je file consulter la liste des activités affichées dans la grande cabane. Ceux d'entre nous qui ont développé un savoir particulier proposent de le partager avec les autres, une super-idée ! J'ai repéré une formation de clown, qui me tente beaucoup.

Splich, ma première basket s'enfonce, aspirée par la boue, splach, la seconde me laisse chaussette à l'air. Beaucoup plus malhabile qu'une grue, je vais m'effondrer quand un bras me secourt. Jude, un grand gars maigre à la peau parsemée de taches de rousseur se marre et me récupère, ma tasse et moi. Je me rechausse, accrochée à lui. On a fait connaissance pendant une séance d'épluchage de patates et navets. Assis des heures durant autour du poêle, tant on se caillait, sans économe, tout à l'opinel, on a eu le temps de délirer… Le partage des tâches du quotidien, même les plus banales, ça crée des liens.

– Demain, Jeanne, quand les CRS seront là, t'as intérêt à avoir de bonnes chaussures !

– Demain ?

– T'as oublié la journée de solidarité pour réoccuper les terres de la ZAD ? Il y a trois mois, plusieurs régiments de CRS nous ont envahis, détruisant tout sur leur passage. Mais demain, tu verras, les gens vont venir en nombre nous soutenir et notre action se déroulera en douceur. Ensuite, nous construirons toujours plus de cabanes pour retarder le démarrage du chantier au maximum. C'est pas pour ça que t'es venue avec ta copine ?

– Oui, mais je n'ai pas vu les jours passer. Je n'avais pas réalisé qu'on était déjà à la veille de la grande manif.

Je suis un peu déçue, mais je ne le dis pas. Demain, on devait commencer notre cabane avec Lisa. En n'utilisant que quelques palettes perchées à deux ou trois mètres, nous devrions réussir une chouette construction. J'ai le plan dans ma poche. La ZAD, c'est le paradis des cabanes, j'adore. J'en découvre chaque jour de nouvelles, de toutes tailles et en matériaux de récupération. L'imagination des occupants n'a pas de limites.

– Viens faire un tour aux stocks du free-shop, continue Jude. Dans la quantité de fringues et de chaussures qu'on nous apporte sur la ZAD, vous trouverez ce dont vous avez besoin et à votre taille, avec ta copine. Il vous faut des boules Quies, des masques, des vêtements épais pour vous protéger en cas d'assaut. Tu sais, les CRS sont des mammifères imprévisibles et brutaux ! Je suis chargé d'organiser la distribution du matériel de défense passive et, après, de lancer un atelier de fabrication de banderoles, tu m'accompagnes ?

– Je passe voir Lisa sur son chantier et je te rejoins.

Les militants emploient fréquemment des termes guerriers, au début j'étais ou perdue ou choquée. La défense passive c'est cool, cela me fait penser aux maisons passives en énergie, des maisons isolées à un point tel qu'elles n'ont pas besoin d'un chauffage et consomment le minimum d'énergie… Le sens de passive pourrait être de ne pas produire de nuisance ou de violence… Mais en amour, être passive, c'est subir, dirait Lisa !

Je suis moins physique qu'elle, alors inventer des slogans pour les peindre sur de vieux draps me convient parfaitement. Qu'est-ce qu'il veut dire, Jude, par assaut ? Je suis venue ici pour vivre librement dans la nature, pas pour me prendre des coups.

Je m'imagine très mal résister à une troupe de CRS… ces espèces de géants bottés, protégés par leurs carapaces, leurs boucliers en plexiglas et surtout super entraînés. J'ai une peur bleue des Taser, cette saleté de pistolet électrique dont j'ai vu des démonstrations à la télévision. Une décharge suffit à mettre sa victime à terre dans un état lamentable. Pas envie de terminer grillée comme une sauterelle. À part le cortège du 1er Mai que j'ai suivi l'année dernière avec Lisa, je n'ai pas l'habitude de participer à des manifs. Quand j'ai regardé sur Internet les articles concernant la ZAD de

Notre-Dame-des-Landes, j'ai découvert des familles joyeuses qui pique-niquaient à quelques mètres des gendarmes mobiles. Coincés dans leur équipement, ils surveillaient la zone sans intervenir. La confrontation m'a fait marrer. Le conflit n'avait l'air ni méchant ni violent.

Depuis que je suis ici, j'apprends un max de choses sur l'agriculture, l'écologie ou le partage des ressources naturelles. Une multitude d'idées intéressantes circulent dans les sous-bois et la gadoue ! Dire qu'à cette heure-ci je devrais être en cours. Dix jours que nous sommes parties ! Ils sont passés à une vitesse record. Ma mère a certainement rappliqué le mardi au lycée pour s'entretenir avec le proviseur, après avoir appelé les parents de Lisa. Peut-être étaient-ils ensemble dans son bureau. Pour que ma famille ne s'inquiète pas inutilement, j'ai laissé un mot sur mon lit. Sans donner de détails, j'ai écrit quelque chose du genre : « Je suis partie à la rencontre de la nature. Je ne sais pas jusqu'à quand, surtout ne vous inquiétez pas, je me débrouille, je vais bien. Vous aurez bientôt de mes nouvelles. » En dessous, j'ai ajouté un grand dessin pour mes deux petits frère et sœur. Je préfère ne pas penser à eux sinon ils me manquent trop.

Que je parte à dix-huit ans ou maintenant, c'est la même chose. Je suis responsable. Je sais ce que je fais. Une date sur le calendrier n'y changera rien. Être ici ne m'empêchera pas d'obtenir le bac l'année prochaine si je le souhaite.

Les parents ne lanceront pas la police à mes trousses, ils ne sont pas comme ça. Je crois qu'ils respecteront mon choix. Ceux de Lisa par contre ont certainement alerté les flics…

Nous avons fait attention à ne laisser aucun indice sur notre destination. Ils ne sont pas près de nous retrouver. Autant chercher une aiguille dans une meule de foin, ou une barrette dans la boue ! Je remonte mes cheveux en chignon que je fixe d'un brin d'osier. C'est très joli.

Un bras ferme se tend pour m'interdire d'avancer davantage. Fracas de l'arbre qui s'abat au sol, craquement, feulement des branches qui raclent, cassent. Chant de victoire des bûcherons.

– Pourquoi ? je crie, affolée. Pourquoi l'abattre…

Emmitouflé dans un poncho indien, un jeune gars réplique avec nonchalance :

– Ben, pour faire du feu, on se gèle ici !

Devant mon expression choquée, le paysan qui m'a stoppée reprend :

– Pour se chauffer, pour entretenir la forêt. Ce sont nous, les agriculteurs et forestiers du coin, qui indiquons ceux à abattre pour aérer les sous-bois. Ne t'inquiète pas, fillette.

Fillette ! Mais le vieux bonhomme le dit avec gentillesse. Difficile de lui donner un âge. J'adore les arbres. Quand je marche entre eux, que je caresse leurs écorces, j'entends couler leur sève. J'ai alors l'impression qu'ils sont des êtres anciens dont on a perdu le langage. Je garde ma poésie pour moi et constate :

– Je préférerais qu'on se chauffe autrement.

À coups de tronçonneuse, Lisa et les autres dénudent le sapin de ses longues branches. L'odeur de résine qui se répand est âcre et forte comme celle du sang frais. Le type au poncho a rejoint la zone d'abattage. Lisa est bien trop passionnée par sa tâche pour me remarquer. Le paysan, lui, me détaille attentivement. Son air patient me pousse à l'interroger :

– Vous avez participé aux précédentes manifs ? Quand les gardes mobiles ont rasé le premier campement ?

– Tu peux me dire tu... Bien sûr, je suis là depuis le début. Ils ont beau nous envoyer des détachements de CRS, ce n'est pas demain qu'ils vont les bâtir, leurs pistes d'atterrissage et leurs hangars ! Ils sont tombés sur la tête dans les ministères de la capitale. On ne les laissera pas recouvrir de ciment nos terres sans résister. Je suis un opposant de la première heure à la construction de l'aéroport, une partie de mes terres a été réquisitionnée pour devenir des pistes d'atterrissage ou supporter des hangars. Tu viens d'arriver ?

– Presque.

– Et que faisais-tu, toi, avant de venir ?

– Je travaillais.

Il me scrute de la tête aux pieds, un sourire de biais sur son visage buriné par le vent et l'âge, et reprend :

– Ici on est égaux, qu'on soit ouvrier, élève ou paysan.

– Compris, je suis lycéenne.

Je ne peux m'empêcher de rire avec lui. Il a eu tôt fait de me découvrir, le vieux.

– Je me disais aussi…

De sa poche, il sort un paquet de tabac froissé et se roule une cigarette. Ses mains sont déformées par le temps et le travail.

– Tu ferais bien d'assister à la réunion de ce soir. On va donner des consignes pour l'action de demain et des conseils pour se protéger. Tu t'es déjà retrouvée face aux CRS, petite ?

– Non, pas encore. En fait, je me demande comment je vais réagir s'ils…

– Jeanne, ça va ? appelle Lisa.

Juchée sur l'arbre abattu, elle est belle, tronçonneuse à la main. Le paysan la jauge du regard et me fait un clin d'œil avant d'enfoncer sa casquette sur ses oreilles.

– Une sacrée bûcheronne, ta copine ! Viens donc suivre la formation à la résistance passive et amène-la avec toi. À dix-huit heures sous le chapiteau. C'est important de savoir se comporter de manière collective face aux CRS. Ça donne confiance aussi. Ensemble, on se sent courageux. On est plus fort unis.

– On y apprend quoi, au juste ?

Il rit en silence, la cigarette collée sur la lèvre inférieure tremble.

– À prendre exemple sur ces arbres que tu aimes… Il ajoute, plus sérieusement : À s'enraciner au sol, à devenir solidaires pour se transformer en un unique corps collectif lourd et compact, difficile à déplacer ou à menotter… Un excellent moyen pour retarder l'avance des CRS de manière pacifique. Ne pas fuir mais ne pas provoquer.

– D'accord, je vais la prévenir.

– Alors à bientôt, petite. Et prends soin de toi.

D'un pas mesuré, il s'éloigne, puis se retourne.

– Jeanne, si tu me cherches, demande Roger. Tout le monde me connaît.

Lisa est trop occupée à débiter le conifère, je pars retrouver Jude.

Brit

– Mademoiselle !

L'homme hurle pour se faire entendre de Lisa qui frappe à coups de marteau redoublés sans s'intéresser à lui. Il s'approche, le corps épais engoncé dans sa parka, crie encore :

– Quelles motivations vous ont poussée à rejoindre la ZAD, mademoiselle ?

Je me dissimule pour observer son manège derrière les poutres soigneusement empilées à quelques mètres de Lisa.

Sa superbe chevelure noire rabattue devant le visage, elle lui enjoint d'un geste vif de passer son chemin. Dans le taillis derrière moi, le rythme sonore des outils ralentit. Je me retourne et constate la méfiance de mes compagnons, sans ralentir leur travail, ils surveillent l'intrus. Je m'inquiète pour Lisa. Elle est vraisemblablement mineure ainsi que son amie, et ce gars-là n'est pas net, au contraire.

Arrivé par l'autre côté des bois, focalisé sur sa proie, l'homme ne nous a pas remarqués, il n'a pas vu l'étendue du chantier en arrière. Il insiste :

– Tu travailles dur pour ton âge. Tu as peut-être besoin d'aide ?

Lisa ne répond pas. Avec son pantalon de treillis, ses grosses chaussures, son attitude fière et la force qui émane de ses gestes, elle paraît plus âgée qu'elle ne l'est, mais ses yeux limpides sont repérables entre mille.

L'homme continue à l'entreprendre mais un ton plus bas. Je n'entends pas ce qu'il marmonne. D'une enjambée, il s'approche d'elle à la toucher. Lisa brandit son lourd marteau à quelques centimètres seulement de son crâne. Elle pousse un rugissement sans que ses muscles ne bougent. L'autre recule, trébuche, se rattrape des deux mains au long chevron sur lequel Lisa fixe des traverses à intervalles réguliers. J'étouffe mon rire. Il se redresse sans la quitter des yeux tout en lui parlant d'un nouveau ton extrêmement conciliant comme s'il s'adressait à une folle. Il est mort de trouille.

– Du calme. Je ne vous veux pas de mal.

Lisa conserve sa pause menaçante. Le corps tendu, elle n'a peur ni de lui ni de se défendre. Sa détermination me plaît. Rassurée par son calme, je m'amuse franchement de la scène. Ce couillon va passer un mauvais quart d'heure s'il s'acharne.

– Les fouille-merde comme toi, on n'en veut pas sur la ZAD, l'interpelle Pascal, un syndicaliste de Rennes qui, comme moi, a déjà eu affaire à cet homme-là.

– Avoue-nous donc pour quel média tu bosses, délateur ! ajoute Jo, une beauté de vingt ans, qui excelle dans l'utilisation des réseaux sociaux et la circulation des informations sur Internet.

L'homme, surpris, se retourne. Découvrant les compagnons qui s'avancent hors des broussailles, il blêmit, se reprend vite :

– Pour la presse écrite. Des articles de fond. Et je ne vous permets pas…

– Tu nous prends pour des nuls !

Le rire joyeux de Jo illumine la scène et provoque l'hilarité du groupe. C'est le moment de me montrer. En appui sur ma canne, je sors de l'ombre. Si proche que je distingue la veine qui palpite sur sa calvitie naissante pendant qu'il réprime un sursaut. Il me craint. Lisa conserve le visage baissé derrière sa chevelure, on dirait une panthère noire. J'interviens :

– Pour fouiner, tu es le roi ! Mais qu'as-tu à offrir ? Ce n'est pas toi qui alimentes ce blog de reportages puérils sortis de ton imagination fertile où tu expliques en long et en large que la ZAD, Zone Arbitraire Dangereuse, selon tes dires, accueille des mineurs pour les soumettre aux influences les plus dangereuses ?

Un lourd silence suit mes paroles. Ses traits sont parcourus par la haine, me retrouver à nouveau sur son chemin le déstabilise. Le chœur des compagnons s'élève grondant de colère :

– Casse-toi, délateur !

– Va manger ta gamelle chez les CRS avant qu'on s'énerve !

– La communication avec l'extérieur, on préfère la faire nous-mêmes !

– Tu veux qu'on te fasse courir à travers bois, gros père ? raille Jo hilare.

Tournant le dos sous les quolibets, il fuit. Sans traîner. Ce n'est pas la première fois qu'il vient espionner la ZAD. Il fait partie de ceux qui propagent des idées fausses pour nous faire du tort. On a beau le refouler, le chasser, ce lâche se faufile sur le site comme un serpent. Je le soupçonne de faire des relevés précis, de compter nos constructions, les résidents, pour en informer la police, mais surtout de s'intéresser particulièrement aux plus jeunes. Il fait une fixation sur les mineurs, leur santé morale, ces idées hantent ses articles. Or, nous n'avons pas besoin de lui pour attiser les chimères, les vitrines des villages alentour sont recouvertes d'avis de recherches. Les familles y placardent la description de leur enfant disparu.

Il est vrai que la vie qui émerge sur le site de Notre-Dame-des-Landes a tout pour plaire aux adolescents. L'aventure en tenterait plus d'un s'ils étaient au courant. Les débats que nous organisons sur la ZAD abordent des sujets très divers permettant de mieux analyser notre société, mais la majorité des jeunes vient le temps d'un concert.

Des applaudissements interrompent ma réflexion :

– Brit, il vient de s'étaler ! Regarde, il s'est mis minable ! Bien fait ! Bien fait !

Lisa rit à gorge déployée en enfilant un serre-tête qui rejette ses mèches en arrière.

– Il te craint, Brit, s'il t'avait vue, il aurait passé son chemin sans s'arrêter. Il est journaliste ?

– Il se fait passer pour, mais depuis qu'il tourne autour des occupants de la ZAD, personne n'a jamais vu sa carte de presse. Je dirais qu'il s'agit d'un agitateur doublé d'un informateur et d'un imbécile !

Lisa s'énerve tout en rangeant ses outils :

– Je ne me considère pas en fugue. Je n'ai pas quitté ma famille pour faire n'importe quoi, fumer des joints ou boire jour et nuit. Je suis partie pour exister selon mon idée, pour… pour tester mes principes de vie. Je ne supporterais pas qu'on me surveille.

– Il n'est pas près de revenir,

– Tant mieux ! Je rapporte tout ça à l'atelier, tu viens avec moi ?

– Allons-y. En chemin, nous ferons circuler la nouvelle de sa présence pour éveiller la méfiance.

Depuis son arrivée à Notre-Dame-des-Landes, Lisa s'épanouit, sa colère devient un terreau fertile. Sa maturité m'impressionne chaque jour davantage. Avoir cette fille à mes côtés donne encore plus de sens à ma présence ici. Derrière sa gravité, Lisa est optimiste et semble douée pour le bonheur. Elle n'a pas besoin de savoir d'où je viens, me rencontrer ici et maintenant lui suffit. Elle me sourit avec confiance, et remarque, espiègle :

– Il était mort de frousse devant toi.

– Bien sûr, je l'accueille à coup de canne !

On rit ensemble :

– Cet homme me considère comme une dure de dure, politisée jusqu'au bout des ongles. C'est ce qu'il a inscrit dans mon portrait rédigé sur son blog, ce vil flatteur ! Ses commentaires sont pleins de fiel.

– Il te connaît ?

– On trouve tellement de renseignements sur Internet. Quand j'avais ton âge, j'ai séjourné un temps sur le Larzac. Je m'y suis rendue en même temps que des milliers de personnes pour un festival de musique, un Woodstock à la française. Il faisait très chaud, l'air était brûlant, les concerts se succédaient, je dansais jusqu'à l'épuisement… Tu aimes danser, Lisa ?

– J'adore.

– En cherchant à accéder à une rivière par tous les moyens, j'ai rencontré un petit groupe de paysans à l'origine du refus de l'aménagement d'un camp militaire sur leurs terres et je suis restée avec eux. Ensuite, je suis partie travailler en kibboutz. Cela fait beaucoup pour notre homme !

– Un kibboutz ?

– En Israël, un kibboutz c'est une communauté agricole où la propriété privée n'existe pas, qui subvient aux besoins de ses membres et de leurs familles. Une réalisation de vie sans classe sociale, complètement égalitaire, une utopie qui m'a fait rêver, moi et ceux de ma génération… Mais aujourd'hui, je n'y mettrais plus les pieds, des kibboutz ont été implantés dans les territoires de Palestine occupés militairement.

– Et alors ?

Le visage de Lisa est extraordinairement ouvert lorsqu'elle s'intéresse à quelque chose, ses traits mobiles passent de l'admiration à l'incompréhension.

– J'ai toujours refusé la guerre, si bien que je n'accepte pas une occupation forcée même s'il s'agit de paysans qui occupent la terre… Tu comprends, Lisa ?

– Je crois… Ces communautés t'ont déçue quand elles sont devenues un moyen d'envahir un autre pays… Si je tape Brit sur Google, je tombe sur tes photos ? Je te verrai à vingt ans, pelle à la main au milieu du désert !

– Pas du tout ! Tu trouveras le titre d'un livre, dans lequel j'ai relaté ces expériences, une petite édition parue aux Éditions libertaires qu'il a dû feuilleter.

– Donc, tu n'es pas agricultrice ?

– Si. Après mes voyages, je suis revenue en France, je me suis installée dans une ferme de la région qui n'est pas touchée par le projet d'aéroport. J'ai passé la main, il n'y a pas si longtemps, à un jeune couple qui expérimente de nouvelles cultures. Ce qui m'a permis de venir en renfort chez un voisin concerné par l'expulsion, Roger. Tu ne l'as pas encore rencontré ?

– Je ne crois pas.

– Tu verras. C'est un bel homme.

La lueur qui s'allume au coin de ses yeux bleus me fait sourire :

– Je veux dire par là que c'est un être intelligent et bon, en qui j'ai confiance.

Nous nous séparons devant le vaste atelier construit en rondins. L'air ravi, Lisa plonge dans l'univers des outils pendant que je me rends dans la grande cabane où se prennent, après de longues délibérations, les décisions collectives. Sur quelques étagères, je viens d'installer une bibliothèque. Je vais présenter des écrits de poètes que j'apprécie. Le texte d'ouverture, je le connais par cœur.

« Comme une espèce de poisson, ou une espèce de végétal,

une espèce de minéral, subsiste en notre pays une espèce d'homme,

dont les seuls souvenirs, ceux qui ne s'oublient pas

et qui valent la peine d'être racontés, sont les souvenirs de guerre… » et il se dit encore : « suis-je assez courageux pour attendre la mort dans une tranchée ?

ceux qui l'attendaient et qui sont morts,

étaient-ils courageux pour la plupart ?

et ceux qui l'attendent aujourd'hui et qui meurent le sont-ils ?

S'agit-il là de courage ?

À cause de son auteur, Nâzim Hikmet, je suis partie en Turquie après Israël. C'était une évidence pour moi. Je ne sais pas où ira Lisa, la volontaire, après Notre-Dame-des-Landes. Sans doute ne le sait-elle pas encore.

Jeanne

Lisa et moi dansons sur la route. Le cortège humain fait plus de dix kilomètres, il s'étire entre les bois et les champs jusqu'à l'horizon. Malgré le ciel gris et le vent glacé, les manifestants sont venus très nombreux soutenir l'occupation de la ZAD, Zone Activement Défendue ! Jude avait deviné juste. On avance au rythme de : « Libérez la ZAD ! » « Non aux avions ! » Tout à coup, j'entends mon prénom :

– Jeanne !

Lisa me serre brusquement le bras, me tire au sein d'un groupe de copains aux regards sombres sous leurs piercings. Le trouble de mon amie me gagne au second :

– Jeanne !

Les piétons montent sur les talus. La boue gicle sous les énormes pneus de la remorque qui tangue en nous doublant. Sur elle flotte une banderole peinte de l'avion barré, symbole de la lutte de Notre-Dame-des-Landes. Des ovations saluent son arrivée. Le conducteur agite sa casquette écossaise :

– Fillette ! Ça te plairait de conduire mon tracteur ?

– C'est Roger ! Lisa, aucun danger.

Le vieux paysan me tend la main pour me hisser, je me retrouve au volant à ses côtés. On roule au pas. Juchée en hauteur, je découvre une vue géniale sur la campagne envahie par une marée de manifestants.

Des fourgonnettes, des remorques remplies de matériaux arrivent. De partout on nous apporte des monceaux de bois, des stocks de nourriture, des récupérateurs d'eau que des centaines de mains déchargent aussitôt. Dans un grand mouvement chaleureux, les sympathisants nous livrent de quoi construire toujours plus pour renforcer l'occupation des terres avant de défiler.

Pour ma première vraie manifestation d'envergure, je nage dans le bonheur. Lisa rayonne elle aussi, je le devine derrière le masque de plongée qu'elle ne quitte pas plus que le chapeau cloche tricoté qui lui va super bien. Après un signe complice, elle s'éloigne avec une farandole. Je porte des lunettes noires de starlette sous un chapeau de paille avec un nœud à l'ancienne que Roger a sortis de sous son siège. Il les a préparés pour moi, trop gentil ! On s'entend bien.

Le cortège n'en finit pas. L'ambiance est festive. Il y a des clowns, des musiciens, des acrobates, certains vont même titiller les CRS alignés à quelques mètres ou les provoquer avec humour.

Guitares électriques, klaxons, slogans révolutionnaires, chants se répondent en un joyeux tintamarre.

Je ne me lasse pas d'observer la foule hétéroclite en marche : familles, groupes de jeunes, filles et garçons, retraités en vélos, anarchistes, élus écologistes, militants aux couleurs européennes, paysans, se mélangent, s'apostrophent… Les enfants s'amusent, se déguisent, dégustent les barbes à papa fabriquées sur place…

Trop fort, trop beau ! Le bocage nantais se prend pour Rio de Janeiro et son carnaval ! Et je suis ici avec mon amie pour ce jour unique.

Un immense plaisir de vivre me submerge. Jamais je n'ai partagé autant de gaieté, de liberté.

Quand je retrouve Lisa, on danse, chante, crie, avec des vieux, des gamins, plus aucun de nous n'a froid, plus aucun de nous ne se sent seul ! Pourtant, au début de la manif, on se gelait. Le givre blanchissait les champs, il a fallu attendre midi pour que les brumes se dissipent. L'apparition d'un pâle soleil a été saluée d'une salve d'applaudissements qui s'est éteinte sur la ligne obscure des CRS.

J'aurais aimé qu'au moins l'un d'entre eux se laisse aller à frapper des mains avec nous. Je suis trop optimiste, c'est mon défaut.

Ils forment une barrière sombre et dure le long des talus ou au milieu des routes, ces Robocop sortis d'un film de science-fiction à glacer le sang. Pourtant, j'ai oublié leur présence, c'est tellement magique que toutes les générations se retrouvent contre un projet d'aéroport. On pourrait donc vivre ensemble et heureux. Je repense à ma mère, mon père… Si je leur avais proposé de venir me rejoindre pour cette grande journée collective, auraient-ils accepté ?… Mes petits frère et sœur auraient fait la fête avec moi, ils seraient montés sur le tracteur, eux aussi. Je chasse vite l'idée saugrenue. Mes parents ne se déplaceront jamais pour partager une lutte. Même pendant les vacances scolaires, ils auraient refusé que je vienne ici. Pas par méchanceté mais par incompréhension.

C'est mieux ainsi. C'est ma vie que je joue maintenant. Pas la leur. Je retrouverai ma famille plus tard. La fête bon enfant s'éteint doucement.

La nuit tombe comme à regret sur cette folle journée.

Lisa

Le concert est terminé depuis un moment. Les derniers manifestants s'éloignent, torches à la main. La forêt vibre encore de guitares folk, de violons rock et de tonnes d'humanité. Il est tard, très tard dans la nuit. Les spots s'éteignent un à un sous le chapiteau. On s'enfonce dans le sol mou foulé par des milliers de pieds.

Avec Jeanne, on se regarde, cœur serré, les yeux humides. Après l'intensité, le partage sans mesure, la violente tendresse qui émanait de la foule, c'est étrange d'observer le brouillard reprendre ses droits et de laisser le silence s'installer.

En regardant ma mince amie chaussée de bottes en caoutchouc et encapuchonnée dans plusieurs polaires et gilets poilus, je ris :

– Tu as une silhouette d'ourse, Jeanne.

– Et toi, de bûcheron de Sibérie !

On a changé d'allure depuis qu'on accumule des vêtements seconde main pour résister au froid et à l'humidité. Personne ne pouvait nous repérer dans l'immense foule d'aujourd'hui. Les zadistes contrôlaient les journalistes en les transportant d'un point à un autre en remorques. Ceux que j'ai croisés m'ont assuré que ni Jeanne ni moi ne figurerons dans leur article papier ou Internet. J'ai été très prudente.

Certains manifestants, pour ne pas être fichés, se cachaient sous des cagoules noires, ils se tenaient en bordure du cortège ou faisaient de brèves apparitions. La lutte toujours présente derrière la fête. La lutte qui rend solidaire, la solidarité qui rend fort, aujourd'hui je l'ai ressentie.

Main dans la main, avec Jeanne, nous prenons le chemin de la cabane dortoir, abruties de bonheur.

Brit referme la porte derrière nous, nous serre brièvement contre son gros pull mohair avant d'aller à sa place de lecture près du poêle. Elle ne dort jamais ou presque.

Je l'entends encore me raconter en cheminant derrière Jeanne au volant : « Une seconde d'inattention, un freinage tardif dans une mauvaise pente sèche et le tracteur qui se renverse m'ont valu une jambe raide à vie. Pas une raison suffisante pour rester à tricoter dans un salon ! »

Épuisée mais apaisée, je sors le carnet noir à élastique où je me charge de relater notre histoire au jour le jour. Il est commencé des deux côtés. À la fin, je note les idées que j'entends autour de moi lorsqu'elles me semblent justes ou me touchent. En arrivant sur la ZAD, je savais précisément ce que je voulais mais je ne pensais pas assister à autant d'expériences nouvelles. Je note la date et remarque :

– Jeanne, j'aurai très exactement dix-sept ans dans un mois.

– Et moi, dix-huit cet été ! À moi la majorité, la liberté, les voyages au loin…

– Tu m'attendras, la vieille !

– T'as qu'à te dépêcher, fillette !

Elle m'enlace :

– Je ne bougerai pas sans toi, Lisa ! Écoute la chouette… Nous dormirons dans d'autres forêts, pourquoi pas en Amazonie ensemble…

Elle se laisse rouler sur son matelas et s'endort à la seconde. Je n'écris pas davantage. Je ferme les yeux et cale ma respiration sur la sienne.

Jeanne

Des bruits, soudain. Le froid me gifle les joues. Des coups répétés déchirent mon sommeil. Brit frappe le poêle éteint de sa canne. De toutes ses forces. Sa voix gronde :

– Dépêchez-vous, la police attaque la ZAD. Les pelleteuses arrivent en ligne par les champs. Nos amis du bourg nous ont prévenus aux premiers mouvements des CRS. Debout ! Préparez-vous !

Je me frotte les yeux, épouvantée. Lisa bondit, je balbutie :

– Si tôt… Il y a quelques heures, c'était la fête…

Je m'affole mais Lisa vibre d'excitation.

– Vite, Jeanne. C'est le moment d'agir.

Mon amie brûle d'impatience de se battre pour ses idées, affronter la police ne la gêne pas. Percevant mon inquiétude, elle explique :

– Les autorités veulent profiter de notre fatigue, tu comprends… de l'effet de surprise, comme à la guerre. Tu as ton kit de protection ?

Elle me tend boules Quies, foulards, et un masque de plongée inutile hier encore. Le sien est déjà sur ses cheveux, elle enroule son écharpe. Je murmure, tout en superposant des vêtements :

– Pacifiques, on est des pacifiques. Avec mes couches de pulls, quand je serai en position assise, je devrais pouvoir résister aux coups des CRS. Et toi, tu es assez vêtue ?

– J'ai la veste de Baptiste.

Mon amie a planté des poteaux à coups de masse tout un jour avec lui. Sous le charme, il lui a offert une grosse veste d'homme matelassée en cuir épais usé aux plis des corps qui l'ont portée. Quand Lisa l'enfile, une odeur musquée en sort.

– Tu sens vraiment très fort !

– D'après Baptiste, cette veste en a vu, des luttes ! Elle me protégera pour mon baptême du feu.

– Prends une cagoule, moi j'ai mon bonnet et une capuche.

– J'ai la tête dure !

Elle se marre. Je l'admire, moi qui sens venir la terreur. D'un rapide coup d'œil, je vérifie que nous n'avons rien oublié. Un youyou s'élève dans le dortoir, unissant toutes les voix. Brit élève la sienne pour une dernière recommandation :

– Si vous avez un objet auquel vous tenez, emportez-le. Si les CRS pénètrent au cœur du campement, ils raseront et brûleront les cabanes.

Je retiens Lisa :

– Ils ne vont pas détruire nos lits…

– Jeanne, je ne sais pas jusqu'où peuvent aller les CRS…

– Attendez-vous au pire, souffle Jude en passant devant nous.

Déjà prêt, il sort en remontant son foulard noir au ras des yeux.

Je retourne en arrière, plonge sous mon duvet, enfile mon bracelet à breloques.

– Je croyais que tu l'avais perdu, dit Lisa en tâtant le carnet dans sa poche.

Ses yeux brillent, son visage est concentré, elle est déjà dans l'action à venir. Je la connais, on en a partagé des plans toutes les deux : sécher les cours pour filer au cinéma, pique-niquer en plein hiver au lieu de pointer à la cantine et, dernier exploit : taguer nos humeurs sur les murs du centre-ville… L'appréhension de se faire prendre nous procurait une bonne montée d'adrénaline, on riait comme des baleines, mais je n'ai jamais eu peur comme maintenant. L'excitation de mon amie me trouble, je me sens faible en comparaison, elle tente de me rassurer :

– On reste ensemble.

– Bien sûr.

– Jeanne, nous sommes liées, d'accord ? Que le brouillard s'infiltre entre nous, que les CRS nous séparent, cela ne changera rien. Nous sommes ensemble.

Nous tenant par le bras, nous rejoignons les autres assemblés autour de Brit. Je remarque le faisceau de rides aux coins de ses yeux, une boucle d'oreille sous ses mèches argentées. Son corps entier respire force et volonté quand elle annonce :

– Faites attention à vous, à ceux qui seront avec vous. Restez vigilants, groupés. Il y aura un fourgon d'infirmerie en cas de pépins. Ne vous isolez pas. Contre l'aéroport, nous vaincrons ! conclut Brit.

Les silhouettes fantomatiques qui vont et viennent dans la brume et la boue sont effrayantes. Je rassemble mon courage, repousse l'angoisse. Je veux être ici avec Lisa, il faut que je sois forte. Les tracteurs qui arrivent pour prendre place autour des cabanes me rassurent brièvement. Roger est parmi eux, l'utilisation des gros engins comme moyen de défense a déjà fait ses preuves, il me l'a expliqué. Sur le seuil de la grande cabane dortoir, nous nous serrons avec force, Lisa et moi. Je chantonne d'une faible voix :

– Splich, splach, splouch, allons, allons…

– À la chasse à l'ours ! clame Lisa.

Lisa

De partout, les occupants de la ZAD émergent. Certains courent, équipés de jumelles, de talkies-walkies pour gagner les abris situés à des points stratégiques en hauteur. Nos informateurs surveilleront les mouvements des gardes mobiles. Il est tôt. Le brouillard rôde toujours entre les troncs, la glace sur les flaques est épaisse.

Je me suis habituée à voir les fourgons bleus et les CRS monter la garde autour des hectares occupés de la ZAD. Je ne pensais plus au fait qu'ils voudraient forcément nous en chasser. Que nos jolies cabanes sont d'horribles pieds de nez pour eux. Que nos vêtements dépareillés, nos vélos qui appartiennent à tous sont une injure face au projet d'une société qui ne songe qu'aux bénéfices qu'elle tirera de la construction de l'aéroport. L'affrontement est inévitable. Il est nécessaire. Ce matin, je bouillonne d'une colère que je me sens capable de diriger et ça me rend terriblement joyeuse !

Regroupés derrière une barricade de branchages, nous sommes une trentaine à observer l'avancée en ordre serré des CRS. Boucliers tenus en mur, ils progressent, soudés, à l'autre extrémité du grand champ, future piste d'atterrissage. Je ne peux m'empêcher de penser aux garnisons romaines dans Astérix, sauf que nos attaquants sont protégés des pieds à la tête par un équipement ultraperformant et menaçant. Sombres guerriers avançant sur la plaine, moi qui n'ai jamais connu la guerre, c'est ce mot qui me vient. Un instant la peur me vrille le ventre, elle provoque des tremblements de panique chez mon amie qui se colle à moi. Je serre sa main, Jeanne est morte de trouille. Je m'inquiète pour elle. Sur le bruit martelé des foulées des CRS, une voix amplifiée menace :

– Dernière sommation, nous allons faire usage de la force.

– Barrez-vous, barrez-vous !

Alors que nous hurlons, les premiers tirs de gaz lacrymogène éclatent autour de nous. Aussitôt l'air pique et pue. Sur un mot d'ordre, nous nous accrochons les uns aux autres en une grappe compacte amarrée des mains et des pieds à un arbre choisi pour ses racines apparentes. S'attacher aux arbres est une des formes de la défense passive utilisées sur la ZAD. Je tiens solidement les mollets de Jude encordé à la base du tronc. Jeanne est presque couchée sur moi. Mes doigts s'agrippent aux poignets de mes autres compagnons. Nos dizaines de respirations ne font qu'un souffle. Couverts de masques, foulards, oreilles bouchées, muscles bandés, nous attendons le choc imminent des forces lâchées contre nous.

L'attaque est soudaine, brutale. J'ouvre les yeux pour voir les CRS transpercer nos barricades de branchages sans ralentir. Je renforce mes prises sur les corps. Les mains de Jeanne se referment sur ma taille à m'étouffer. Plaquée contre mon dos, elle gémit. Je respire à fond pour garder le contrôle. Je ne succomberai pas à la panique.

Les CRS sont sur nous. Ils nous arrachent les uns des autres comme des mauvaises herbes. Impassibles, ils ne répondent ni aux moqueries ni aux insultes. Visière, gants, bottes, leur uniforme les isole de nous. Jeanne me lâche. Mon tour va venir. Elle se laisse soulever, s'abandonne tandis que je résiste des pieds, des dents pour deux. Notre magma pacifique et humain est trop fragile. Ces techniques de défense passive sont insuffisantes, je suis dégoûtée. Une brute de CRS s'acharne sur les liens de Jude. J'évite ses semelles crantées mais mon visage reçoit la boue qui gicle. Mon amie disparaît de mon champ de vision. Je l'entends appeler, hurler :

– Lisa, Lisa reste avec moi !

Les gardes mobiles en surnombre nous dénouent, nous séparent, nous traînent par terre, nous rejettent au loin, nous éparpillent. Mon écharpe se desserre, glisse, l'air gazé me brûle. Des moteurs grondent, dans une brève éclaircie, les pelleteuses surgissent.

Alignées, elles remontent la future piste nord de l'aéroport en direction du lieu de vie central.

– Elles vont tout détruire ! je crie de désespoir.

Seuls les tracteurs des paysans garés en cercle autour des cabanes centrales peuvent encore les protéger. Je m'en veux d'être étalée dans la boue à la merci de ces salauds de CRS. Mon sang hurle. Je les hais. Quand mes doigts, desserrés de force, ripent sur la racine que j'avais empoignée pour former un dernier cordon humain que les CRS brisent sans peine, je décide de changer de tactique. Fini la passivité. Je me laisse emporter, faussement inerte, par un CRS. À l'instant où il me dépose au sol, trompé par ma docilité, je roule entre ses bottes, rampe sous les fougères. Son bras loupe de peu ma cheville. De rage, je balance mes pieds au hasard. Fonce sans me retourner entre les troncs. Je ne veux plus me laisser écraser sans réagir. Je suis une rebelle.

– Vas-y Lisa, avec nous !

Ceux qui m'encouragent, me happent de leurs mains. Un élan de reconnaissance me fait serrer les bras, les cous des compagnons qui me tirent au cœur du taillis où ils se cachent. Le groupe au centre duquel je me remets sur pied est cagoulé.

Jo en fait partie, je la reconnais à sa voix. Courbés, en bref sprint nous zigzaguons, mettant à profit le terrain accidenté de ce coin de marais. Coupés des CRS par la nappe de gaz lacrymogène qui stagne dans les bois, nous nous regroupons. Une main me tend un manche court, lourd comme une matraque. De quoi me défendre. Me donner courage. Je l'accepte. J'ai compris que rester assise dans l'attente que la police me dégage par la force, ce n'est pas pour moi. Contre les malabars entraînés sous leurs armures infaillibles, je ne peux pas grand-chose, mais je préfère réagir. Nous décidons d'aller renforcer le cercle des tracteurs pour empêcher la destruction des cabanes. Jeanne est-elle restée derrière la ligne de front ?

Pas le temps de m'interroger. Des CRS jaillissent du brouillard à quelques mètres. Nouvelle charge, violente. Notre groupe les mitraille de boules de cire contenant cailloux, clous. Ils foncent en avant pour nous mater. Je brandis mon gourdin, beugle des insultes, m'écrase dans une ornière. Les CRS ne s'occupent pas de moi, ils s'en prennent aux résistants installés en hauteur qui les inondent de farine et de sarcasmes pour nous aider à nous replier. Ils délaissent leurs boucliers pour s'attaquer aux arbres, arrachent câbles et cordes utilisés par nos amis pour se déplacer dans les cimes. Ivre de revanche, je m'accroche aux bottes d'un CRS qui grimpe au tronc le plus proche. Je le harcèle pour l'empêcher d'atteindre le militant, en situation périlleuse qui tente de changer d'arbre par les branches hautes. En désespoir de cause, je plante mes dents à mi-cuisse dans la combinaison noire… Me retrouve aussitôt projetée le nez dans la boue. J'ai perdu mon masque. Je tousse. L'écharpe pleine de morve et de rage, je me retourne. La couche de lacrymogène qui se déverse efface les lieux, m'arrache la gorge, me dévore les yeux. C'est fini. Étalée sur le dos dans une flaque, je vois la matraque s'abattre sur mes mollets, quand je suis aspirée par les épaules. Brit surgit entre moi et le CRS. Il hésite, elle s'appuie sur sa canne sans geste menaçant. La confrontation dure, pendant ce temps gagné, je rampe en arrière. L'odeur de brûlé m'affole. Une forte lueur monte sur ma gauche. Des flammes. Une clameur jaillit des fossés, des arbres, de la terre massacrée : « Repli, repli ! » Les forces de l'ordre mettent le feu aux cabanes. Invectives et sarcasmes pleuvent sur nos attaquants. Le combat est autant verbal que physique. Sur l'horizon brouillé, des silhouettes noires pointent des armes dans notre direction. Un cri d'avertissement : « Grenades assourdissantes ! »

Je prends mes jambes à mon cou, enfonce les boules Quies dans mes oreilles. On court tous comme des fous, bondissant par-dessus les souches, s'accrochant aux buissons, avec une seule idée, s'échapper. Une violente explosion retentit sur ma gauche, malgré les bouchons qui protègent mes tympans. Le tir reprend, tendu. Un homme aux cheveux blancs s'écroule. Je regarde sans comprendre le sang se répandre sur la mousse. Ils sont plusieurs à se précipiter pour l'évacuer. Choqué, le blessé répète en s'appuyant sur eux :

– Je n'ai pas été assez rapide. Je suis trop vieux ! Cette fois, ils m'ont eu. Ça fait un mal de chien, leurs soi-disant grenades inoffensives. Bande de tueurs !

– Les éclats de ces grenades sont dangereux. Tu as combien d'impacts ?

Sa doudoune verte est transpercée, le sang pisse au-dessus du coude, mais aussi de son flanc. Les yeux exorbités, je regarde l'homme touché passer devant moi. Il laisse une traînée rouge derrière lui. :

– Ce n'est pas possible ! Ils sont en guerre !

Une révolte monte de mes entrailles à la mesure de mon incompréhension. Autour de moi, c'est un champ de bataille sous l'odeur âcre des gaz, des incendies. Où est passée la fête bon enfant d'hier ? Pourquoi cette violence démesurée ? Pour permettre cette saleté d'aéroport, les CRS blessent, détruisent. C'est monstrueux, révoltant !

Abasourdie, je réussis enfin à me couler entre les énormes pneus des tracteurs. Leur cercle a été brisé par une ouverture mais les pelleteuses n'ont dégagé que quelques véhicules. J'espère retrouver Jeanne dans ce qui reste du campement. Dreadlocks alourdies de boue, vêtements déchirés, visages et mains griffés, tuméfiés par les coups, nombreux sont ceux qui comme moi reflètent l'impuissance. Nous avons été incapables de protéger les cabanes construites par tant de mains et de bonnes volontés. Je les entends s'effondrer à quelques mètres, invisibles derrière les nappes de gaz qu'ils répandent encore sur la ZAD.

Un mot d'ordre d'apaisement circule sur le site. « Cessez les provocations, restez à couvert. » Je n'ai aucune idée de l'heure qu'il est, j'ai perdu mes repères.

Nos corps comme les arbres semblent flotter dans la débâcle cotonneuse et grise. Dans l'air toujours puant, irrespirable, de maigres flocons se mettent à tomber. Mon cuir est sale, trempé, éraflé, mes cheveux emmêlés sentent les lacrymos, la terre aussi. Petit à petit, pourtant, mon corps recharge ses batteries. Je me reprends, retrouve un peu d'énergie, suffisamment pour aider les plus fatigués à se relever, recevoir et transmettre des nouvelles des uns aux autres. Les talkies-walkies crépitent, les informations tombent. Des gardes mobiles achèvent de détruire nos cabanes, sous la protection des pelleteuses et derrière leurs collègues en cordon, mais l'affrontement a cessé.

Quelqu'un m'apprend que Jeanne est à l'abri, que Brit s'en est sortie indemne. Sa canne n'est pas un handicap. Elle connaît les moindres recoins de la forêt de jour comme de nuit.

Après la bataille, les uns soignent, réconfortent, se moquent, recommencent à chanter, composent des pamphlets railleurs. La force produite par le collectif renaît. Ça me fait chaud au cœur. Je me sens fière d'être ici avec eux tous.

Quand je retrouve Jeanne, elle n'en peut plus. S'effondre dans mes bras en répétant :

– Trop dur. Trop violent. Trop… Je veux protéger la planète, je veux planter des arbres, je ne veux pas la guerre.

En soulevant ses cheveux collés par la boue, je dégage des griffures profondes de sa nuque.

– Il faut te désinfecter, Jeanne.

– Plus tard. Ma résistance passive n'a pas duré… Tu as fait quoi, toi, après ?

– J'ai rejoint un groupe offensif… C'est ce que je devais faire, combattre. Dans l'urgence, chacun a réagi à sa manière. Tu as fait ce que tu as pu, Jeanne.

La dureté de l'attaque, l'explosion de violence l'a déçue. Visage défait, mon amie en proie au doute parle de partir vers la mer. Ailleurs. Elle cherche mon regard, y lit le contraire, la détermination, l'envie de rester, de continuer à défendre Notre-Dame-des-Landes. Je raconte pour essayer de la décontracter :

– Tu sais, j'ai voulu mordre un CRS aux fesses !

Elle réagit, incrédule :

– Quoi ? Non !

– Pour l'empêcher de secouer un arbre et d'en décrocher ses occupants. Les militants ne sont pas des pommes !

Crise de fou rire. On glousse, les yeux brillants de larmes, pas pressées de reprendre notre sérieux, de retrouver ce drôle de monde.

À bout de fatigue, vidée, elle s'assied entre mes genoux, affirme en fermant les yeux.

– Je savais que tu étais une combattante…

Brit

Un véhicule fonce sur le chemin creusé d'ornières, la boue gicle sur les vitres. Si le Kangoo rouge poursuit sa trajectoire, il va s'encastrer dans la structure que nous venons de monter et je me trouve dans son axe. Mimo, le charpentier qui nous guide dans la conception d'une nouvelle cabane géante, me tend la main. Avant que je m'écarte, l'avant de la voiture se plante dans une grande flaque profonde au milieu du campement.

Le silence se fait parmi ceux qui reconstruisent. On craint l'arrivée de flics en civil ou de notables hargneux qui nous en veulent. Nous observons les bois et le ciel. Ni fourgons de CRS ni hélicoptère, le véhicule lâché comme une bombe est isolé.

Certains compagnons remontent leur écharpe pour masquer leur visage. La portière arrière s'ouvre. Un jeune homme en sort, tente de franchir la boue d'un bond et retombe les pieds dedans. L'air dépité, il observe ses baskets et les bas de son jogging. Il marmonne sans nous regarder :

– Saleté de Zone. Mes baskets sont foutus !

Des compagnons se tordent de rire, les railleries fusent. La riposte ne se fait pas attendre :

– Enfoirés d'anarchistes, Fermez-la !

Le conducteur plus âgé s'extrait du véhicule pendant que le jeune agressif s'élance sur nous. Il bouscule une fille, attrape le premier gars à sa portée par le col et se retrouve illico au sol. Il a mal choisi sa victime, Alfredo est un activiste européen écologiste convaincu, entraîné aux techniques de combats de rue.

– Laissez mon fils ! rugit le chauffeur en pataugeant à son secours.

Le père relève le fils qui dégouline. Bras en moulinets, il l'extrait du groupe moqueur qui se resserre autour d'eux. Le jogging blanc du garçon est définitivement souillé. La pluie frappe avec fureur la carrosserie. Aucun de nous ne dit mot. Nous attendons.

Le chauffeur incite en vain le passager à l'avant à sortir à son tour. Depuis des jours il pleut sans interruption, le terrain déjà défoncé par l'assaut des gardes mobiles et le passage des pelleteuses, n'absorbe plus l'eau. Le campement central ressemble à une rizière avec ses trous d'eau signalés par des pieux. Le Kangoo rouge s'est écrasé contre l'un d'eux.

Nous superposons des vêtements asexués, confortables, afin de travailler dans le froid et la pluie. Le jogging du garçon avec sa marque en évidence, la veste sur la chemise cravatée du vieux sont décalés. Ridicules. Que font-ils ici ? Soudain, le père éructe :

– On vient chercher notre fille !

Murmures, mouvements immédiats, la plupart s'apprêtent à reprendre leur ouvrage.

– On veut récupérer ma sœur. Cette folle se cache ici. On le sait, glapit le garçon.

– Il est où ton cheval, cow-boy ? C'est moi ta sœur, je m'appelle Camille, réplique la fille qu'il a bousculée.

Il en devient vert.

– Nous sommes tous ta sœur, se marre Jude en désignant l'assemblée.

– Ma fille s'appelle Lisa ! Regardez au moins cette photo !

– Ne perds pas ton temps avec eux, réplique son fils d'un air méprisant. On n'a qu'à fouiller.

Il fait un pas en direction du dortoir resté intact après la manif.

– Montrez-moi ce portrait.

Le père, surpris par mon intervention, hausse les sourcils. Son visage émacié est sec, ses lèvres étroites et dures, son regard plus méfiant qu'inquiet, son corps râblé. Il tend la photo à bout de bras. Ce n'est pas Lisa que je découvre, mais le sourire radieux de Jeanne flashée au milieu des bois. En plein mouvement, derrière son visage, des arbres. Elle a ce bonnet rouge à pompon qu'elle porte depuis son arrivée ici. Lisa ne repartira jamais avec eux. Qu'est-ce qu'ils croient. Elle a choisi. La respecter ne leur viendra pas à l'idée. Qui a envoyé cette photo à l'extérieur ? Qui les a trahies ? Jude reste bouche bée, examine le cliché avant d'ironiser :

– Votre fille, dites-vous ? Cette douce adolescente ne peut être votre fille !

– En effet, il ne s'agit pas d'une photographie de notre fille mais de sa meilleure amie. Elles ont disparu ensemble, il y a quatorze jours.

Notre attention converge sur la femme qui s'exprime d'un timbre de voix poli. Elle vient de mettre un pied hors du véhicule en jetant des regards angoissés sur les alentours. Ses cheveux aussi noirs et abondants que ceux de Lisa encadrent un fin visage extrêmement pâle aux cernes bleus. Elle n'a pas dû beaucoup dormir les quatorze dernières nuits. Le frère la coupe avec impatience.

– Allez la chercher. Il faut qu'elle rentre.

– Elle est au lycée. Ce n'est pas elle qui décide, renchérit le père. Je peux vous faire accuser de détournement de mineure !

– Elle fout en l'air notre vie depuis deux semaines, ça suffit comme ça ! Lisa, Lisa, hurle le garçon avec fureur, mains en porte-voix. Lisa, viens immédiatement !

– Regarde-toi, tu te prends pour le chef de famille. Mais t'as quel âge, morveux ? se gausse Mimo.

– Laisse-la vivre, ta sœur, pauvre mec ! s'énervent les filles présentes.

La mère reste derrière la portière ouverte en bouclier. Arrière-garde ou hésitation ? L'attitude pitoyable du frère agace. Les uns et les autres réagissent, parlent, s'énervent. Chacun met dans ses paroles un écho à sa propre histoire :

– Faux frère, ce n'est pas par amour que tu viens chercher ta sœur, mais par goût du pouvoir ! Et vois-tu, ici, on n'aime pas les mecs qui utilisent le pouvoir contre les femmes…

– Ouvre les yeux, regarde autour de toi au lieu de rester bouffi d'orgueil !

– Vous vivez comme des porcs ! reprend l'autre en désignant le campement.

L'envie de le frapper, de l'étaler dans la boue se lit sur la plupart des visages. La querelle prend de l'ampleur entre les occupants de la ZAD et les deux hommes.

– T'es jaloux. Ta petite sœur qui s'envole sans rien demander à personne, qui choisit la liberté ! Ce n'est pas toi qui le ferais, tu as trop peur de salir tes baskets à la mode, de perdre la face !

– Ça suffit, fermez-la !

– Futur CRS. Facho !

– Macho ! ajoutent les femmes en chœur.

Quand le fils, de dépit, perd ses mots, le père retrouve ses esprits.

– Mon fils a raison. Sa sœur est en faute, pas lui. Vous raisonnez à l'envers…

– Nous vivons dans l'envers de votre décor pourri, tu as raison, le vieux…

Je vois l'instant où, au lieu de retenir son fils, il va foncer sur ceux qui le provoquent. La joute verbale va se terminer en bagarre, ce n'est pas à souhaiter pour les deux gamines. J'avance, en deux pas je me détache du groupe.

– Partez. Maintenant.

Ma voix est ferme. Mon allure fière me confère une autorité naturelle non revendiquée sauf dans des cas comme celui-ci. Le regard écarquillé du père va de ma canne à mes cheveux gris. Ma présence sur le site le choque, c'est évident. Le fils secoue la tête avec dédain. La mère qui s'est approchée dans leur dos les prend au dépourvu avec son intonation douce :

– Dites à Lisa que nous sommes venus. Il est midi, nous patienterons jusqu'à quinze heures au village de Notre…

– On ne va pas moisir des heures dans un trou sous la pluie pour attendre le bon vouloir d'une fugueuse ! Je vais la chercher, tu viens, papa ?

Évidemment, il fallait que le petit coq s'interpose. Il ne peut pas supporter que sa mère s'adresse à moi. D'un geste, il cherche à m'écarter de son chemin. Aussitôt les garçons qui m'entourent lui plaquent les bras dans le dos, le contrôlent. Immobilisé sans être violenté. Les compagnons de la ZAD savent ce qu'ils font. Un coup de sifflet, l'alerte est donnée. Une vingtaine de militants sortent du dortoir où ils débattaient du projet de reconstruction. Notre masse se resserre autour de leurs petites personnes.

Sans toucher ni la mère, ni le père, la famille de Lisa est repoussée jusqu'à son véhicule. Le fils nous menace lorsqu'on le force à s'asseoir à l'intérieur mais il n'ose pas ressortir. Le père s'installe précipitamment au volant. La mère reste un instant en suspens, entre ses hommes et nous. Dans le regard qu'elle me jette, je crois y lire la honte. Mari et fils l'exhortent à monter dans le Kangoo. Elle obéit. Sa tendresse est aussi grande que sa soumission. Les portes claquent. Dans une marche arrière bruyante et des projections de boue, le Kangoo s'enlise davantage. Profondément bloqué. Les compagnons disposent des planches derrière les roues, les autres s'arc-boutent contre le capot. Le père affolé suit nos conseils pour reculer en douceur hors de la flaque profonde. Une fois son véhicule sur un sol relativement ferme, il accélère progressivement pendant que son fils sort le bras pour nous faire un doigt d'honneur. La voiture s'en va sous les menaces et les quolibets.

– Bon débarras !

La question sans réponse revient dans toutes les discussions.

– Qui a guidé ses parents jusqu'ici ? Qui a trahi Lisa et Jeanne ? Qui peut nous trahir…

Le soir, quand nous débattons en assemblée de cet épisode houleux, Lisa est au supplice, assise entre Jeanne et moi. Elle appréhende d'être exclue de la ZAD. Elle trépigne d'impatience. Mimo raconte la scène :

– Nous sommes des squatteurs, pas des marginaux, qu'est-ce qu'ils croyaient, ces blaireaux.

Des moqueries éclatent. Lisa, écarlate de honte, demande la parole.

– Je n'étais pas au courant sinon je leur aurais interdit de venir. Merci à ceux qui les ont fait repartir. Je ne comprends pas comment ils ont su que j'étais ici.

– Ils avaient apporté une photo imprimée de ton amie Jeanne avec un appel à témoignage, n'est-ce pas Brit ?

– C'est quoi ce délire ! Personne ne m'a prise en photo ! s'exclame Jeanne outrée, avant de s'effondrer.

– J'ai vu cette photo, Jude aussi. Tu y es habillée comme aujourd'hui ou presque au milieu d'un sous-bois. Elle a été prise récemment, Jeanne.

Elle ouvre de grands yeux, au bord des larmes. Je l'entends murmurer à Lisa qu'elle n'a rien dit à personne. Son amie la console. Elle ne doute pas d'elle, moi non plus d'ailleurs. J'ai mon idée sur le dénonciateur, mais je préfère ne pas accuser sans preuves. Jo se lève :

– Ils sont venus et repartis. Ils ne reviendront pas. Ils vont lancer des appels sur les ondes, dans les médias et en agissant ainsi ils prendront parti contre vous en croyant bien faire. Je vais me connecter dès que possible pour rechercher l'origine de cette photo. On t'a vue à l'action pendant l'assaut, Lisa, on te soutiendra et Jeanne aussi. Levez la main en guise d'approbation.

Nombreux sont ceux qui leur apportent un soutien. Les filles se détendent, soulagées. Lisa reprend la parole, émue par la compréhension dont le groupe fait preuve :

– J'apprends beaucoup depuis que je suis avec vous. La menuiserie, l'agriculture, le jonglage… J'aimerais apporter quelque chose moi aussi, j'ai fait un peu de théâtre… Je pourrais lancer un atelier ?

Une main s'agite, une jeune femme se lève :

– Je suis comédienne, j'ai monté plusieurs pièces avec ma compagnie. Je peux le démarrer avec toi.

Acclamations, sifflets. Une nouvelle activité vient de se créer sur la ZAD. Je chuchote à Lisa :

– Tes parents ne sont pas venus pour rien. Quelle belle énergie positive.

Jeanne hoche la tête, toujours tracassée mais fière de sa copine.

– Il est temps de débattre de la reconstruction de nos habitats sur la ZAD. Seuls deux dortoirs sont encore debout après l'assaut des CRS, l'atelier et le magasin ont brûlé.

C'est Bernard qui relance les débats. J'observe avec tendresse les jeunes squatteurs, certains ont quitté leur travail, d'autres sont au chômage, les filles sont aussi nombreuses que les gars. La plupart des zadistes ont suivi des études supérieures, ils viennent souvent d'une mouvance anticapitaliste. Tous différents. Ils ont en partage l'audace d'expérimenter. La résistance à la construction de l'aéroport est un prétexte, une façon de combattre le système actuel.

Lisa

Jeanne s'arrête de marcher, je rétablis mon équilibre. Nous transportons des poutres pour notre cabane. D'autres fourmis besogneuses et bariolées vont comme nous à travers la clairière. Le ciel est clair et la reconstruction avance. Des menuisiers solidaires de l'action anti-aéroport nous ont apporté un camion rempli d'un magnifique plancher que nous utilisons avec Jeanne. L'un des artisans m'a confié un rabot. Court mais dense dans la main, j'ai hâte de casser les arêtes des planches comme il me l'a appris. Pas question que le passage éclair de mes vieux gâche mes projets.

– Attends. On fait une pause, propose Jeanne.

D'un mouvement accordé, nous déposons notre charge au pied du vieux chêne un peu à l'écart que nous avons sélectionné pour notre cabane. Nous avons demandé conseil à Roger, qui a approuvé notre choix.

Jeanne me saisit le bras, m'entraîne sur un tapis de mousse à quelques pas. Ce matin il ne pleut pas. On s'allonge côte à côte comme au premier jour. Doigt sur les lèvres, elle me demande d'écouter mésanges et moineaux, jusqu'au cri rauque d'un geai qui leur cloue le bec ! Je pense à ma mère qui, d'après le récit que m'a fait Brit, se taisait pendant que son mari et son fils s'excitaient. Comme d'habitude… je soupire. J'aimerais vraiment qu'elle apprenne à dire, à s'imposer. Quant à l'attitude de mon frère, elle me rend folle…

– Comment vivre sans oiseaux ? murmure Jeanne inquiète. Tu sais, je tourne et retourne cette histoire de photo… Je le saurais si on m'avait photographiée ! Depuis que je suis ici j'évite caméras et portables. Je suis restée sur mes gardes même pendant la grande manif…

Elle se tait, met une main à sa bouche, de l'autre, elle agrippent la mousse.

– Et merde !

– Raconte.

– J'ai rencontré un drôle de mec. Il courait à travers bois, un peu ridicule un peu maladroit il s'est arrêté à ma hauteur pour me demander : « Deux minutes à me consacrer pour me parler de la vie au grand air sur le site ? Il faut être courageuse pour résister à l'hiver dans ses conditions ! » Je lui ai dit qu'on m'attendait. J'avais les bras chargés de pinceaux et de peinture, j'allais rejoindre Jude à l'atelier de fabrication de banderoles. Tu sais, on les préparait pour défiler.

– Donc, c'était la veille de la journée de fête. Il portait une parka verdâtre sous une calvitie naissante ?

– Oui. Tu l'as vu, toi aussi ?

J'acquiesce pendant que d'autres images lui reviennent.

– Il avait l'air frigorifié. Il a gardé les mains sous sa parka tout le temps qu'il me questionnait.

– Son appareil photo devait être planqué dessous…

– Tu crois ? Jeanne a une mine dégoûtée. Il m'a menée en bateau. Ses questions étaient intrusives, genre micro-trottoir : « Pouvez-vous m'en dire plus sur votre expérience personnelle ? » Je n'ai pas répondu, tu penses ! Quand il a voulu connaître mon prénom, j'ai juste dit : Camille.

– Bien joué ! Tu as eu le bon réflexe en utilisant le pseudonyme que tous les zadistes donnent aux médias.

– Tu parles… Le loup m'a coincé comme le Chaperon rouge dans les bois.

Avec un pauvre sourire, Jeanne triture le pompon de son bonnet.

– Tu ne pouvais pas savoir. Ne te culpabilise pas. Brit et moi, on venait de le jeter quand il t'a rencontrée, ce vicieux. Il publie des articles pour accroître la paranoïa ambiante en propageant l'idée que la ZAD serait le refuge des mineurs en fugue.

– Je n'ai pas deviné ses intentions… J'ai été nulle.

– Il t'a prise en photo sans que tu t'en rendes compte, lorsque tu courais vers lui. Avant que tu le repères, avant que tu lui parles. Tu ne pouvais rien faire. Tu n'as pas eu de chance.

J'ouvre notre carnet à une page où l'écriture est étroite et penchée :

– Brit nous a copié un texte d'Aimé Césaire, écoute.

« Donc camarade, te seront ennemis,

De manière haute, lucide et conséquente,

Non seulement les gouverneurs sadiques et préfets tortionnaires.

Mais pareillement et au même titre :

Journaliste fielleux, académiciens goitreux

Endollardés de sottises... Tous redevables désormais de l'agressivité révolutionnaire. »

– Tu vois, tu n'es pas la première à te faire piéger.

– J'aurais dû le lire avant...

Je me redresse sur les coudes en même temps qu'elle. Les yeux dans ses yeux, je chuchote :

– Ce sera notre secret.

– D'accord. Ça reste entre nous.

– Allez, au boulot !

– Attends encore un peu. On dirait que c'est l'anniversaire de notre arrivée ici...

Le soleil tombe sur nous, c'est bon. D'un vaste geste, Jeanne désigne les peupliers enlacés, les ronces rousses, ou les minuscules étoiles que forme la glace au fond des ornières. Heureuse à nouveau. Mon amie est davantage en accord avec la nature qu'avec l'agitation des êtres.

Moi, je veux les deux. Laisser couler le vent sur ma peau et construire une nouvelle société en partage avec les humains. Je bondis sur mes pieds :

– À la cabane !

Jeanne s'élance, elle monte en premier sur le plancher que nous avons vissé aux quatre poutres fixées en carré. La structure repose au cœur de l'arbre, solidement attachée aux branches maîtresses. Je la rejoins, lance un appel. On nous répond de tous les abris voisins. Jeanne déplie le plan qu'elle a tracé de notre cabane perchée. Un cube de deux mètres de côté où nous glisserons des matelas. Ultrasimple et fonctionnel, notre abri aura pour toit les mêmes lattes de plancher recouvertes d'une bâche contre la pluie. Il pleut tout le temps dans ce coin merveilleux ! L'odeur miellée de notre belle construction me grise ; la joue contre l'écorce, Jeanne écoute le chant de l'arbre. Je calcule qu'en passant la moitié de nos journées dans les tâches collectives, il nous faudra encore deux ou trois jours pour terminer la cabane.

Jeanne

Mon amie me saisit le bras, le visage soudain blême. Je me retourne. À trois mètres de nous, mes parents arrivent à pied. Ma petite sœur juchée sur les épaules de mon père m'appelle :

– Jeanne, coucou Jeanne !

Mon petit frère lâche la main de ma mère, court joyeusement sur les caillebotis en babillant :

– L'est où ta cabane, ta cabane à toi ?

Quand il se jette dans mes genoux, je le soulève avec élan. Il passe ses bras potelés autour de son cou et me couvre de bisous. Lisa, médusée, se fige. Il se dégage une telle tendresse de notre étreinte que je vois les yeux de mon amie s'assombrir…

S'écartant d'un pas, puis de deux pour échapper aux retrouvailles, elle me contemple en silence. Au-dessus de la tête du petit emmitouflé, je cherche son regard, déchirée. Lisa baisse le sien. Nos émotions se télescopent. Déception et échec s'opposent à la confiance, l'affection.

Mes parents s'arrêtent à quelques mètres. Ils observent les alentours. Prenant conscience de la présence de Lisa, ils esquissent un vague signe de reconnaissance puis d'impuissance dans sa direction. La petite s'impatiente, elle m'envoie des tonnes de bisous qui claquent.

Je sais que ma meilleure amie n'a pas le même rapport à la famille. Vite, je chasse le pressentiment que cette étroite fissure entre nous provoquera une avalanche qui engloutira nos projets.

Un pas en arrière encore et Lisa sort du cercle que fait soudain ma famille autour de moi. Sans un geste pour me retenir, elle m'observe prendre le chemin de caillebotis. La petite sur les hanches, mon frère à la main, je vais lentement au dortoir où nous dormons depuis notre arrivée avec Lisa. Son regard me transperce la colonne vertébrale, mais je ne m'effondre pas.

J'abandonne Lisa. Mon cœur bat à se rompre. Les outils progressivement se taisent, les chantiers alentour s'arrêtent, la forêt retient ses gouttes, les oiseaux leurs chants. La tension est palpable.

Tac, tac, tac, Aux sons réguliers de la canne derrière moi, je comprends que Brit la rejoint. Je l'imagine prendre mon amie par les épaules. J'accélère.

Mes parents n'osent pas me suivre, tant mieux. Ils m'offrent en silence leur affection, leur patience que même mon père semble avoir retrouvée.

Très vite, je reviens avec mon sac. Mes joues me brûlent, j'essuie mes larmes d'un revers de mon bonnet rouge à pompon. Ma sœur suce son pouce contre ma poitrine, mon frère gambade sur le chemin.

Lisa se reprend. Elle se redresse. Court sur moi, me serre dans ses bras. Nos visages sont si proches, nous respirons ensemble. D'une étrange voix cassée, elle murmure :

– Va-t'en Jeanne. Moi je reste.

– Tu me donneras de tes nouvelles. Promis ?

– Promis. On le fera, notre voyage.

– Finis notre cabane. Envoie-moi des photos quand… Je m'effondre dans le cou de Lisa. Quand… tu l'auras terminée.

– Je le ferai.

Ma mère, qui ne pouvait entendre nos paroles, s'avance, inquiète. S'excuse, l'air contrit :

– Désolée, Lisa, mais nous n'avons pas prévu de t'emmener avec nous.

Nous nous décollons doucement. Mains sur les hanches, Lisa éclate d'un rire imprévisible, déclenchant celui des zadistes présents. Ses yeux bleus font le tour des cabanes, des bois, de nos compagnons d'aventure avant qu'elle explose :

– Je n'ai aucune raison de partir ! Ici, je suis libre, j'existe !

Déconfit, incertain, mon père indique d'un geste vague l'au-delà de la ZAD, soudain pressé de quitter cet univers où il perd pied. Je salue d'un geste Brit, cours embrasser Roger qui s'est discrètement rapproché. Lisa me retient par le bras pour me donner le message à transmettre :

– Jeanne, dis-leur à tous que je vais très bien. Que je suis entourée et que je ne bougerai pas d'ici. Dis à ma famille que s'ils reviennent me chercher, je partirai plus loin. Et qu'ils me mettront en danger.

– J'irai les voir. Je leur dirai, Lisa.

Gênés, mes parents balbutient de vagues remerciements tout en détaillant, l'air horrifié, les installations sommaires, les tables posées dans la boue, les toilettes de fortune, l'humidité totale des lieux.

En file indienne, par les palettes jetées en travers des flaques, avec ma famille je quitte la ZAD et ses marais. Notre cabane et Lisa. Lisa.

Sans me retourner, j'enlève mon bonnet et l'agite à bout de bras. Pompon rouge sur ciel gris perle, je sais que mon amie me regarde partir.

Comme dans les contes, ma mère rassemble ses petits et nous pousse à travers bois sur le chemin du retour.

Je me laisse emporter par la voiture, mes pensées tournées vers elle, mon amie.

Lisa reste seule, mais son chemin n'est pas solitaire. Elle continuera sa vie à Notre-Dame-des-Landes avec Brit, Baptiste et les autres, sa nouvelle famille de cœur, celle qu'elle s'est choisie.

Je la connais, Lisa. Elle n'a pas peur de perdre ceux qu'elle aime en les quittant. Je m'étire, les petits se blottissent contre moi. J'ai besoin d'être avec eux, d'être leur grande sœur.

J'ai vu mon amie se transformer pendant notre voyage, car même sur le site nous étions en voyage. Son corps, son esprit s'ouvraient, s'élargissaient, elle était toujours en mouvement. De plus en plus jolie, de plus en plus forte. Je n'ai pas d'autres mots pour décrire sa mue.

Je fixe dans mon cœur, l'image que je garde d'elle sur la ZAD : debout dans la fourche d'un châtaignier, en débardeur noir sous le vent qui fouette ses cheveux, Lisa fredonne :

– Libre, libre… Je suis libre.

Textes cités extraits de :

Page 10
La chasse à l'ours, Michael Rosen et Helen Oxenbury, Kaléidoscope, 2001.

Page 32
Lettres de prison, Rosa Luxemburg, Berg International, 2012.

Page 53
Paysages humains, Nâzim Hikmet, Éditions François Maspero, collection Voix, 1973.

Page 86
Discours sur le colonialisme, Aimé Césaire, Présence africaine, 1955.

Ouvrage réalisé par
Cédric Cailhol Infographiste.

Reproduit et achevé d'imprimer
par l'Imprimerie France-Quercy à Mercuès
en septembre 2013.

Dépôt légal : octobre 2013
N° d'impression : 31367
ISBN : 978-2-8126-0584-0

Imprimé en France.